AUX CONFINS DES UNIVERS

Vincent Thierry

Éditeur Patinet Thierri

Harmonia Universum
Harmonia Universum
La Création en Action   ®

© 2019
PATINET THIERRI ERIC

Éditeur : © Patinet Thierri 2019

ISBN 978-2-87782-667-9

AUX CONFINS DES UNIVERS

I

Ambre parchemin

De marnes aux cils victorieux s'en viennent ultimes
Les âmes des splendeurs vagabondes, sans rides,
Éployant la constance, la bravoure, la pure humilité
Seyant à la prestance navigante par les éternités,
Circonscrites, loyales, par les feux des immensités,
Où s'enseignent la prêtrise et sa gloire assumée,
Couronnement des lys offertoires aux démarches
Templières, étayant le rescrit du lacis des arches
Transcrivant leurs épopées cristallines et sacrées.

Préambule des vastes horizons, où s'en viennent, des nuées profondes de soleils mystérieux, glorieux et souverains,
Aux essences participant de toute éloquence par-delà les vœux et leurs incomplètes prestances, pour magnifier le seuil,
Des ardeurs nouvelles à voir et conquérir par les fastes comme les peines des conjonctions gravifiques fondant les mondes.

« Mystère des varechs sous le vent aux ondes éclairées situant l'avenir propice et ses périodes de féeries diurnes et nocturnes,
De fêtes aux épanchements amarrant la parure propice des âmes s'éveillant à la spontanéité des œuvres thuriféraires,
Où, sans masques, se propagent les allitérations nouvelles désignant les portuaires influences aux fractales désinences. »

D'ivres nénuphars les gloires assignées aux fronts des ors diluviens magnifiant les escarpements des dunes de prairial alluvion,
Dévisageant les formes rebelles, les incarnations fidèles, et dans les parousies extrêmes des danses de la nuit, les allégories,
Majestueuses, ombrées des artefacts les plus tumultueux pour répondre à l'autorité sans faille berçant leurs adulations.

« Où se conjoignent les parfums de critères homériques, levant d'armées aux plénitudes assurées et assumées,
Dévoilant sur leurs armures les messagères éloquences des univers traversés, des mille et mille horizons magnanimes,
Où leur cœur palpite de nouvelles natures, des inscriptions dantesques, des soupirs sans chagrins, toute une rêverie incarnée. »

Pluviosité des aires au sein des marbres aux lactescences fugaces, avides de renommées, éprises de frénésies,
Voyant des ondes les exquises langueurs, les voies constellées et les agitations sublimes perçant les immensités et leurs routes,
Leurs sentes glacées, leurs fleuves nacrés, leurs cieux lavés par le frisson des vagues où l'empyrée s'empourpre d'un défi.

« Embrasement pour les uns, promesse pour les autres, où les regards se perdent pour graver l'essor d'une fidélité,
D'un devoir et d'un honneur, qui jamais ne se sursoient, jamais ne se brisent et encore moins tombent dans la poussière vive,
Car de l'instant la déroute du temps comme de l'espace, le rescrit non de plaintes arrimées, mais orée d'une plénitude achevée. »

Et pour les anses aux reflets ivoirins transcendant des mânes à propos les silences pour les fertiliser dans l'ovation,
Dans ses écrins où les cithares entonnent des ritournelles de gloire comme de mélodieuses sourdines aux rus acheminés,
Enseignant la présence de l'immortalité par les règnes et leurs secrets, offerts à la Déité de l'hymne révélé parcours.

« Demeure solsticiale des antiques présences, aux assistances précieuses irisant dans leurs voiles légères des suavités honorées,
Délivrant un message dont les signes se répercutent dans les flots drapés de courses rayonnées par des nefs de rubis,
Ici, là, dans les fruits des constellations visitées aux arborescences nuptiales développant les arcanes de toute félicité. »

Préséance des souffles et acuité des regards, dans la pulsion des temples à Midi effeuillant les sorts pour les affleurer nidifiés,
Les voir scruter l'insondable et dans leur aubade se révéler par-delà les sources pour offrir loin des opiacées illuminées,
Le nectar d'un sacre que rien ne peut ternir, tant de viduité son incarnation sereine, magnifiant tout ouvrage à bâtir en conquérant.

« Par les alizés, inoubliable promptitude s'égayant dans la moiteur des jours d'été, dans l'alacrité des venelles de l'hiver,
Dans une affine perception dont les étendues sont les breuvages apprivoisés des œuvres statutaires aux conditions sevrées,
Dessinant par les sphères de vives préhensions, de fortes renommées et des adages certains aux métalloïdes précieux. »

Cœur à corps des ressources émergées, des fluviales somptuosités les navigations fertiles ondoyant des crues éveillées,
Les passementeries d'une romance d'allégresse, où, visitation se tient le lieu comme l'âge dans la raison profonde d'un écho,
Se répercutant dans les venelles des soutes amarrées et des cordages embarqués luisant de lumière parfumée.

« Invitation des rives aux élans messagers, aux prouesses épousées, dans la vertu des nombres qui ne paressent,
Mais s'idéalisent de la portée d'un songe, miroir des lacs cendrés et des terres désignées, parcourus par les ilotes encensés,
Parmi les fastes des chevauchées et dans la représentation de la parousie intime situant des circonvolutions les ors limpides. »

Empreints de dorure essentielle se dissipant dans la nacre de la parure des ensorcellements méticuleux et généreux,
Délassant des reflets les ondées futiles, les impressions fugitives, les dantesques brouillards et les horizons insipides,
Des temporalités aux fruits de la nuit et de leurs ivoires assermentés poussant à la ruine les œuvres infortunées de la désunion.

« De douce pâleur aux extrêmes densités exondes parfumant les alcôves de leurs contes d'amazones et de fabuleuses errances,
Les unes les autres dans l'épithéliale exigence du simple pouvoir, grisées par les chapitres inhérents aux rêveries,
Par les caducées des limites apprivoisées dont les fumerolles légères et ouatées content de lascives insouciances puériles. »

Motrices des armements aux intronisations précoces alimentant les ruisseaux pour en fonder les fleuves armoriés,
Les rubans de satin aux armoiries élevées définissant les rythmes et les rites propitiatoires afin d'enfanter la sève,
Aux camaïeux étincelants de signes novateurs délaissant les pentes pour iriser les pinacles aux harmonies splendides.

« Conscience ajourée des limbes sans détermination, des souffles sans répons, et de ces phrases insipides et médiocres,
Balbutiant des nectars irréels, des frugalités diverses et sans raison, des parfums sans aube ni zénith en semis,
Toutes monotones liaisons s'efforçant d'apparaître, délaissées par l'Être en sa saison nouvelle fondant au-delà de l'apparat. »

Et la puissance et la jouvence, et la splendeur et la grandeur, dans une gerbe festive d'honneur lavant son front pur,
Dans les éphémérides constellées, aux nuageuses dimensions exaltant non seulement des promesses d'effusions ambitieuses,
Mais des raisons que le souffle bâti non pas dans la fugacité, mais dans l'apprentissage le plus intrépide et volontaire.

« Essaimant ses gloires par les chemins, les tourbes et les orées les plus lointains, les plus discrets, ténébreux ou lumineux,
Toujours enfantés attendant par-delà les frilosités des vents azuréens les sillons d'une construction plénière et assurée,
Dissipant les énigmes sans majesté, les factices improvisations et les écumes annoncées se circonvenant dans l'oubli. »

Pléiades des expressions sibyllines aux offertoires
des manœuvres nouvelles à voir, hissant les
pavillons de la victoire,
Par toutes faces embrasées par les tumultes et les
enchantements des conquêtes stellaires et moirées
d'histoire,
Toutes en fêtes aux écumes votives inclinant leurs
fières étraves par les ravines comme les cimes
supérieures et sans oubli.

« Que fondent les instants, émaciés et superbes,
clameurs des passants aux cils ouverts sur la
radiosité des éléments sans frimas,
Aux pétales exquis et suaves, majestueux et
téméraires ouvrant sur les latitudes de nobles
espérances, de vastes mémoires,
Où, dans de diluviennes chorégraphies, s'érigent
des monuments fractals sursoyant les devises
amères pour couronner de lys effectifs. »

Marchant sous les voix des coryphées les pluviosités
du granit, les agencements de quartz et les vêtures
de basalte armorié,
Où se lit la pénétration des ondes par les multiples
sentences rivant des éthers les oasis de la
multitude, hier effarouchée,
Ce jour, bruyante de l'intime conviction de naître
après tant de silence, tant de houle sans sursis, aux
métaphores engendrées.

« Ainsi dans les soutes aux rivages délaissant les abris grainetiers pour s'ouvrir sur les danses végétales et souriantes,
Menant à la suprématie non seulement de l'espérance mais de sa vaillance ouvragée dont les téguments sont fertilités,
Là, ici, plus loin, par les feuillages sombres comme les contrastes les plus vifs en eaux profondes mais aussi en dais distants. »

Participes de l'éloquence vibrant ses mélodieuses euphories par les mânes du vivant et de ses sortilèges acquis,
Dissipant les senteurs oublieuses pour personnaliser dans l'espèce la vigueur comme l'attention impérieuse naissant à la fulgurance,
Des eaux visitées aux flux et aux reflux des terres habitées, aux escarpements volontaires, aux nuageuses perceptions invitées.

« Par delà les clairs obscurs de mantisses en naissance, de parterres germant des limbes aux gravités perfectibles,
Toujours plus loin pour enfanter loin des lassitudes composées, les élégances d'une alacrité juvénile et souhaitable,
Aux fresques essentielles, dont les ambroisies s'enfantent dans le berceau des algues adamantes purifiées et gravifiques. »

Sénat de la parure aux voix amenées vers la raison loin des objurgations stériles et des mots en émaux velléitaires et fragiles,
Où se lit le viaduc des fleuves apparentés de luminosité comme de pure déité, où se charme l'éducation des vœux,
Aux corolles ouatées de songes et de rêveries diaphanes, épanchant leurs sources dans la saison d'un monde safrané.

« Stature et préciosité des œuvres ne s'immolant mais toujours se répercutant dans les temps comme les espaces,
Pour fonder la novation par tout développement engagé dans la maturité et ses adresses composées et sériées,
Voyant des nombres les équilibres et les interférences advenant la parure d'une précieuse convenance adéquate. »

Où se livre le vecteur propice à la nidation des anciens serments, comme aux apports statutaires des ovations présentes,
Assignant les mondes en leurs rescrits, leurs compositions, leurs symphonies, à l'élévation des plus pures,
Pour conjuguer leurs efforts dans un mérite attendu où se conjoignent les troupes aguerries pour en isoler les dysfonctions craintives.

« Préambule de floralies aux perceptions divines, inclinant à la tempérance les lactescences de la parousie acclamée,
Où se retrouvent les gardiens des temporalités les plus magnifiées, des espaces les plus ouverts, dans une frise de lieds,
Dont les refrains s'entonnent pour partager les joies des aventures sevrées, des épopées fulgurantes, et de leurs moissons sacrées. »

Où se voient Oxphar des Palestes, Ménélas de Dyzan, et Iris des Galatées, fers de lance de l'avance impériale par les confins,
Là-bas, où se tressent l'invisible et le visible, les forges essentielles comme les ramures incertaines, brillant de mille feux,
Les orées d'un essor propice, les effondrements des chevauchées malhabiles, dont les nefs d'azurite parlent les rares opiacées.

« Vêtures de styles à mi-jour dans la promptitude des incarnats et de leurs devises, où le souffle est répons de conviction,
Dévoilant dans les cartographies tumultueuses les essences immortelles, les reflets incarnés et leurs vénielles densités,
Inamovibles par les successions fécondes transcendant la matière comme la lumière dans l'énergie gracieuse. »

Périple de haute haleine par les ferments de prépondérances innervées répondant aux assauts de déliquescences nocturnes,
Aux portuaires abîmes, voyant sur leurs berges de triomphants accents impétueux et sauvages parcheminer l'existence,
Hâlant de prestigieux nectars dont les ondées répondent aux harpes diluviennes les épanchements de la nue.

« Cristal de la prêtrise de haut renom où les Mages destinent leur sermon zodiacal, là, de Pfener du lac cendré le visage,
Aux marques étranges, ici de Vidoy des Hespérides, l'éclat d'un songe sans refuge, et plus près de Valiant des écumes de Miroir,
Aux consonances portant des rêveries la vitalité conjointe épousant les méandres des sursis afin d'en surgir la vénusté. »

Égrégore des sylves aux frais parfums des roseraies de l'aurore nouvelle languissant ses souffles dans la fenaison d'ivoire,
Où s'égrènent des notes musicales comme des pluies d'Éden acheminant leurs orbes pour de talismaniques usages,
Conditionnant les voûtes de mille et mille galaxies enfuies au levant, et d'autres encore se manifestant dans la préciosité.

« Univers des cycles des Sages signant leurs incarnats, là par le cénacle forgé, d'Orin le précepteur de Pongée,
De Lied le fabriquant de rêves de Cassiopée, enfin de Saluste au signe vibrant des îles de marbre les dunes de Meylin,
Invitant sans présage à l'ardeur d'une destinée les vagues se prononçant devant leurs feux dépassant tout horizon visité. »

Desseins des aurores naissantes dans la pluviosité des cœurs et dans la tendresse des sorts, où l'imaginaire somptueux,
Tresse ses ornementations aux reflets de cuivre et de bronze, sur les armes de la Paix ceinturant les esquifs de la beauté,
Dans un écrin nuptial dont les ferments sont des multitudes les affinités splendides des écumes riveraines de l'éternité.

« Iris du jour levé en majesté, où flottent les étendards inscrits pour l'ascension des rumeurs en essaims,
Découvrant les mesures appropriées à chaque centaine déployée, les unes se devant aux gravités reconnues,
Les autres partant vers des dominations infinies, sans retour défini sinon de leurs mots, de leurs phrases, de leurs correspondances. »

Prémisses ciselées de vive arborescence témoignée,
écumes des Océans les plus prompts et des terres
les plus adulées,
En frises souveraines délassant les cohortes en
leurs étincelants rivages, dans des féeries de
couleurs harmonieuses,
Échansons des gloires adventices et des fracas des
sites ouverts sur la pérennité des concaténations
sublimes.

« Où le cœur est un répond des eaux vives au
firmament, des suavités nocturnes et diurnes
égrenant leur formalité,
Sous l'unicité des ordres se lovant de faste en faste
pour d'un sérail majestueux agencer les départs
vers les cieux profonds,
Conjonctions de nefs irisées aux phosphorescences
assignées levant leurs métaux précieux vers les
hampes de l'horizon salvateur. »

Tandis qu'en signe, les foules accomplies prient le
profond respect pour ce partage des nues
qu'accomplit le songe,
Offert par les diaphanes enseignes des étoiles sans
nombre aux éclairs ramifiés attendant les voyageurs
de leurs houles,
De leurs mystères et de leurs granits aux pierreries
somptuaires, échoppes du vivant aux diaphanes
incarnations devisées.

« Éblouissement des regards dans l'affinité des verbes se hissant de manoirs en citadelles vers les vertus motrices,
Les heureuses croyances au-delà des afflictions et de leurs oublis, les fraîches renommées et leurs cortèges infinis,
De moments salutaires comme devins, incitant les orbes temporels à la sagacité d'un rivage attendu, connaissant et situé. »

Là par les myriades accomplies, ici par les rivages inconnus et limpides, plus loin encore dans la pâleur d'une absence,
Dans l'aven ou bien la cime de toute union vitale à l'élan fractal dont les venelles s'ouvrent sur les étreintes,
D'une flamme, d'une Oasis, d'une pérenne circonstance avisant la réussite d'un essor et sa capacité de discernement accru.

« Mémoire des antiques demeures au souffle conquis hâlant des énergies les fluides nécessaires au couronnement,
Dans les sursis de la gravité, dans un message flamboyant, dépassant toutes forces pour s'initier dans la vêture précise,
Concordante, débattue et sériée des domaines permettant d'accéder à toutes finalités exhaustives et situationnelles. »

Sans mettre en péril et les joies nouvelles et les stances découvertes des facettes tumultueuses révélées et partagées,
Dont les sens sont en deçà des mobiles avancés, dont la reconnaissance parcoure l'immensité de l'identifiable raison,
Des seuils en gravure ne pouvant se fonder que sur leur propre maturité ne se circonvenant ni ne s'implorant faillible.

« Élémentaire modalité de toute vague par les principes désignés des valeurs et de l'honneur en ces valeurs,
Voyant la culmination de leur grandeur rejoindre les talismans de la persévérance éveillée manifestée dans les immensités,
Comme un acte de bravoure stimulant toute orientation vers sa définition la plus circonscrite et la plus véritable. »

Officiant des termes et des renouveaux en ces termes, graduant toute rive dans le secret d'une appropriation,
Corrigeant les incertitudes comme leurs frissons avides ou stériles, les alacrités sauvages et sans lendemain,
Toutes voies éperdues dont le seul regard est affligeance nécessitant, là, une correction matricielle parfois signifiée.

« Marge septentrionale des tumultes enfantés aux ivoires incertains baignant de laves claires les sillons embrumés,
Des festives langueurs et des joies sereines où se livrent les parfums des oasis sans troubles, la hardiesse d'une faconde,
Dont le sort tresse à l'infini des roseraies olympiennes où le nectar sans abri ruisselle la permanence sans sursis. »

Voici donc les mondes en écrins, leurs vastes promontoires et leurs effigies dans la plénitude renouvelée des temps,
Dans le sens aigu de la perception qui ne se voile dans les nuages, mais assagit, enseigne les préambules circonstanciés,
Menant aux règnes les plus espérés, les plus ouverts et non abrités, qui fécondent les temporalités sacralisées.

« Ici le Verbe éclot de ses racines les multipolarités essentielles dont les complémentaires désinences interprètent les semis,
D'ivoire les parfums lambrissés d'étoiles blondes et de galaxies diurnes enfantant la sève anachorète des dionysiaques festivités,
Où le sens majeur se corrèle de viduités fécondes, de déploiements votifs et de ces sources éphémères qui saillissent l'Éternité. »

Aux promontoires habiles dans la tempérance, l'humilité et la gravité des œuvres adamantes libérant leurs fleuves de grenat,
De vives jouvences aux marnes éclairées dont les schistes déflorent les sortilèges et enluminent les nuits d'ocre ensoleillé,
Où se mirent les ondes éparpillées par le vent saturnal des exquises renommées enchantant le sort et ses sédiments floraux.

« Sépales aux alluvions alchimiques développant, aux masques élémentaires des divisions telluriques, les fanes d'un engrangement,
Marquant des fleuves d'obsidienne les métaux houleux des plaines abyssales et de leur achèvement divin,
Irradiant la mémoire des phares coruscants délimitant les voies amènes de la pluviosité sacrale menant à la pérenne demeure. »

Où dans un vol de semis se tiennent le Temple et ses fresques de constellations vives et pures, ouatées et précieuses,
Ouvrant leurs latitudes aux marges essentielles des visitations superbes, acclamant la venue des souffles impérieux,
Des fastes légendaires les écumes triomphantes hâlant de leur authenticité les myosotis éclairés de vagues somptuaires.

« Explosion sans repos dissipée à la brume opalescente des arcanes offerts à la pénétration des songes des mondes sans affliction,
Animant la fertilité des essors puissants contemplant le sort et ses effluves oints de prestigieux enseignements,
Là où se tiennent la lumière et ses dorsales charpentes aux vêtures sacrées des horizons splendides et officiants. »

Livres des parures et des vastes épanchements qui
strient les routes des Univers où se glissent les
moiteurs dorées et sublimes,
Acanthes de laves en fusion aux partages enfantées
par la tonalité des sèves en sillons jaillissant les
mânes de l'éblouissement,
Fiers coursiers des adages épiques où se livrent à
pâmoison les frissons de la nue et de ses espaces
considérables et sûrs.

« En deçà de la fébrilité des firmaments incertains et
des velléités consumées dont les incantations se
perdent dans le silence,
Dans la noctambule aporie des rives où se
dissolvent les ancestrales erreurs et leurs
monuments grossiers et fades,
Desséchant des larmes d'ivoire où le satin du rubis
des cœurs lentement s'étiole pour renaître déjà dans
la luminosité. »

Enfantement du règne des étoiles aux marges
septentrionales des hyperboles engendrées
consumant les rides éphémères,
Du dessein des lices les firmaments bleuis et les
anachorètes ascensions des voies maritimes hâlant
le devenir et ses essaims,
Dans une pluviosité granitée où de fluviales
ramifications se contemplent, se devisent et déjà
idéalisent la perception.

« Fugaces délivrances des âmes à propos aux
opératoires occurrences advenant des cristaux
limpides et sûrs,
Irisant les ferments de routes inscrites dans des
temporalités distinctes aux prémisses de la nue
révélée et somptuaire,
Où se tiennent les ilotes, dans un fracas de
poussière de quartz, d'or et de grenat, au visage levé
vers l'éternité et ses symboles. »

Face du monde en ces mondes où l'épure se
coïncide pour vêtir les sens et les frondaisons
comme les orées éployées,
D'un diaphane horizon où se meuvent les ombres,
les lumières, et les translucides concordances qui
inclinent au voyage,
Par-delà les familières ovations, par-delà les
clameurs encensées et les merveilleuses sensations
des moiteurs adorées.

« Hybrides pléiades des aqueducs riverains aux mânes espérées dont le regard pleut des ambres salutaires et divins,
Dont témoignent les roseraies ardentes et les flots des douves ciselées par le miroir de l'onde souveraine et fière,
Dressant ses équipages pour magnifier le sort, l'entendement, la désinence d'un sacre arboré et laborieux par les signes infinis. »

Mémoires archaïques dans le levain des algues à Midi, dans la puissance opérante des œuvres sans sursis qui ne se lamentent,
Ne s'épuisent mais se coordonnent afin d'attraire la puissance dans la novation des énergies découvertes et rayonnées,
Là, dans ce milieu des ondes, dans ce cœur nuptial dont les florilèges distillent les ramures certaines d'un vœu exaucé.

« Temple des âges sous le vent, dans la venelle de la pluie dont les ersatz culminent les brillances immaculées et sereines,
Invitant aux plaines et aux crêtes les stances d'un présent en voie de partage et de révélation, dans une assomption tellurique,
Gravitant les flux et les reflux des vagues de particules dont les passementeries ne s'étiolent mais toujours se fertilisent. »

Prisme de l'état du souffle, et par ce souffle, du Verbe alimentant la génération des esprits au-dessus des eaux et de leurs demeures,
Agissant la perfectible prescience permettant l'évacuation des limons foudroyés et ceux qui comblent les errances,
Destinant la pierrerie de marbre aux épanchements novateurs et sans sursis qui guident les fronts purs aux galactiques randonnées.

« Ainsi dans le site la nature du répons qui vogue vers les confins des Univers créés et à créer, rebelle et déterminé,
Dans la présence des éthers incertains, sans affliction, sans larmes ni soupirs, car tout de la venue des rives,
Allant au-delà des drames pour enseigner la promptitude d'un élan bâtisseur qui se conjoint, s'efforce et s'initie. »

Vivante manifestation de la visitation elle-même éclairant le seuil d'un désir de lumière parfaite dans la nuée et ses alizés,
Où s'inventent de hâtives corrélations, des fastes sans raison et des armatures qui se disloquent par faute de saison,
Cette saison de l'Empire veilleur qui accomplit, autorise, magnifie et transcende chaque écume du limon mystique.

« Promesse de l'aube aux formalités votives et majestueuses délivrant de l'empyrée les semences de la Voie souveraine,
Où se cristallisent les luminosités fractales hâlant de rives en rives les verbes d'or et les souffles des règnes,
De ceux qui ne se méprennent, de ceux qui ne se confèrent mais sont l'aboutissement de la raison et de ses ordonnances. »

Vive élocution des termes aux armoiries limpides brillant de mille étreintes les devises assurées de la plénitude armoriée,
Dont les sépales content les bruissements incarnés, les chatoiements azurés, et ces stances de métaux chamarrés,
Dont les fastes nous enseignent, nous correspondent et nous illuminent d'un propos serein pour l'avenir et ses méandres.

« Conscience des racines qui se meuvent, s'éblouissent et instaurent dans le parfum des sèves la pluviosité d'un sacre,
Dont la Vie éperdue anime les dentelles de frissons et les ramures opiacées de divines essences passagères,
Vives des parfums essaimés œuvrant la détermination des pulsations menant des limbes vers les cimes enhardies. »

Corolle du zéphyr des méridiens levant des ères les fanions des vagues hautaines, amères ou légères, toujours en flots d'écrins,
Dont les vivacités sont témoignages de villes par les fêtes, et de fêtes parmi les champs de blés mûrs aux conques splendides,
Par les sentes glorieuses et celles en sillons dont les agraires parcours délimitent les rites de la compénétration des ondes.

« Irisation de la fertilité des levains qui se tressent dans des harmonies suaves délaissant l'austérité pour la joie nouvelle,
De l'épanchement des cils et de la flamboyance des regards, où s'enseignent les myosotis et les floraux agencements du vivant,
Dans la sourde harmonie qui, volition, ne se perd mais se transmet de voix en voix comme une condition éternelle. »

Mantisse des pluies de l'œuvre aux firmaments distincts dressant sur les autels les précieuses magnificences des écumes,
Dans la persévérance non pas de l'addiction, ni de la contemplation, mais bien au contraire dans l'accomplissement de leurs vœux,
Majeures destinées des enlacements propices délivrant des temps les safranées mesures des olympes advenus.

« Là, au mérite de l'autorité et de ses dires agencés perpétuant les relations adventices de la nue portuaire élémentée,
Novice en ses miroirs dont les nacres resplendissent des mondes à venir, de galactiques effervescences et des royaumes sous le vent,
De l'arborescence des nuées instiguant dans le phare de l'harmonieuse plénitude les levants frontaux de l'horizon bâtisseur. »

Tandis que dans les premiers rayons des soleils impassibles se nouent les caducées des hymnes éveilleurs et couronnés,
Où se tiennent, dans le panache de la majesté, les forces vivantes qui marchent, d'un seul pas, vers les lisières des Univers,
Où se tient le lieu, l'exigence, le témoignage, l'aristocrate enfantement des aubades comme des hymnes éternels.

« Parchemin de la création et de ses lys ovations, de ses cristaux de roche aux arguments fertiles inondant l'abîme,
Le perméable épanchement de toute devise structurante développant dans ses affines opinions la compréhension du vide,
Sa destinée, ce flux incessant des souffles prospérant son aire d'une concaténation sans failles œuvrant à sa lumière. »

Préambule majeur du rayonnement puissant affirmant l'emprise du Verbe par toutes semences de la Vie souveraine,
Hissant des opportunes stipulations les marques d'un défi sur le néant, sur ses rus absents de la beauté et de ses critères,
De ses mondes déployés irisant la fortune des œuvres dont les matures sont des rêveries les avancées impérieuses.

« Où le chœur se reflète, s'idéalise et se perpétue pour instruire la densité exquise des moments acclamés,
Là, ici, plus loin, par-delà les brouillards striés de candeurs et de croyances inutiles délivrant leurs incertitudes notoires,
En deçà des précipices dont les flamboyances écrues meuvent de dantesques abandons dont le vivant exclue les principes. »

Allant l'empyrée des songes aux marches du grenat dans les volutes sapientielles des énergies novatrices et fécondes,
Levant des pavois vers l'Absolu et ses densités perçues où s'imprègnent de fenaisons les prétendantes majestés,
Au couronnement nuptial par les temples en semis, aux parcours de rectitude ennoblissant toute destinée.

« Dans la calme attitude qui ne se démet de ses fonctions les plus familières comme les plus adulées et les plus vivaces,
L'orientation des libelles prononçant les vertus et les suavités des ondes participant à l'élaboration des mânes à propos,
Dans les cycles et par les cycles convenus délestant leurs sèves de parterres ombrés pour des jardins de féeries puisatières. »

Conjonction des adorations superficielles et des vagues homélies dont les embruns cinglent vers le large pour disparaître à jamais,
Laissant à leur place, sur le parvis de la concrétisation les épures d'un charme natif dont les pluralités exondées,
Manifestent le sursis des appariements, des participations, des irréfragables enchantements, pour saluer le sort divin.

« Conjugué de festive splendeur dont les atours fusionnent les éléments les plus austères comme les plus joyeux,
Dans une fête où les incarnats étincellent d'une prestance renouvelée par les éclats tendres ou sauvages,
Jamais désespérés comme en témoignent les odes affirmées, par les layons des fougères et des bruyères accumulées. »

Par les forêts aux chênes millénaires, où le frêne et les pinèdes embaument de talismans les agates rutilantes de saphirs,
Ces pierreries dont les douves arpentent les fleuves antiques et vont vers ces mers aux nectars dont l'onctuosité est révélation,
Attitrés de haut et noble espoir par les roseraies des houles monocordes se déversant sur les sables d'or aux limbes essentiels.

« Sans mystère des moiteurs et des regards en éveil, dans l'abondance apparaissant la forme même de l'exploration en devenir,

Aux fraîcheurs natives devisant sous les alizés portuaires des nefs sans sommeil révélant leur pure éloquence,

Navigatrices de fières essences aux voiles chamarrées d'agrumes et de versets dont les couleurs sont chatoyantes. »

Tandis que la brise se tait pour laisser partir leurs victorieuses plénitudes par les transes des étoiles aux sentes de glaïeuls,

Miroirs ondines des théurgiques renommées axant les routes à suivre dans une pertinence inconditionnelle,

De visiteur conquérant marbrant des élytres les jouvences de ces limites qui viennent et se parfondent dans l'âme torrentueuse.

II

Des Odes sous le vent

Aux agrès de la pluie divine, chasseresse d'amour,
Vient le Chœur en ses ornements d'or aux atours
De marnes cristallines et suaves constellés de lys
Où se tiennent les serments des mages d'Ys.
Contés aux ramures des desseins cosmiques
Délivrant des pavanes les chants osmiques,
Pour les amener dans un cycle de féerie épique
Aux âmes printanières de la survie symbiotique.
Étoile du firmament qui s'anime et s'éblouie.

« De lumineuse incantation par les divines nuits où se mirent les ondes et les calices de la joie pour enfanter le sérail de la Vie,
Ce refrain demeure et se révèle dans une argumentation précieuse et souveraine par les algues en miroir,
Les ondes magnifiées qui développent des ancestralités les toniques vertus de la présence silencieuse du règne. »

Tandis que des mers des espaces se dressent les nefs pour aller les fronts divins des racines nouvelles à voir,
Espérer, confronter, délimiter, dans le secret d'une sagesse ne se dénaturant aux vides conjugués qui se manifestent,
Obliques, dans une thaumaturgie élevant la sapience à l'Art divinatoire qui se doit pour transfigurer le métal ardent de la composition.

« Affine dans les mélopées du songe dont les moiteurs correspondent des statuaires destinées où se dressent l'incarnat,
La plénitude et son assomption que les devises enseignent et répondent par les phares sans oubli qui transcrivent la narration,
Celle non seulement de l'espoir mais de la viduité dans la pure entité et la pure harmonie dont les souffles se distillent. »

Là, dans ces lieux de mystère et de gravité symbolique, là dans cet effarement des galaxies enfantées et vivantes,
Allant vers le néant et l'incarnation de ce néant, ce vide intégral dont les mystiques enseignent la parousie,
Et d'autres l'Éden, et d'autres encore dans la voie qui lève le voile, l'incandescence prédéterminée constituant l'Olympe.

« Où naviguent les ambres par la moisson des temps qui se réfugient, dans l'adresse des coordonnées stellaires,
Celles ne se fixant ni ne désagrégeant, mais toujours opérant sans divergence afin de mener le salut au port,
La splendeur et sa raison à l'annonce prestigieuse de l'élan qui ne se renie ni ne se désunie, mais se fortifie dans une avance glorieuse. »

Haute vague au frisson de l'âme qui respire sa désinence dans un ciel serein où l'onde sans éphémère consécration,
Marque de son souffle la pluralité des houles à Midi, des sentences les secrets qui se précipitent afin d'affirmer,
Déjà se taisent pour laisser pénétrer leur perméabilité par les fonctions ne se rebellant mais se multipliant dans un essor mage.

« Invitation au partage dont les ramures disparaissent de naïves prestances, toujours édulcorées par le rite de la connaissance,
Ce rite supérieur à toute mélopée montrant l'azur dans sa somptuosité, où les arcanes se livrent, où se lèvent les vents du savoir,
Furetant les caprices d'une quelconque recherche de fugitive errance afin d'en délivrer la compréhension sans effusion. »

Corrélation des festives délibérations des âges
parcourant du granit à la pierre, taillée dans le
marbre, la roseraie miraculeuse,
Essaimant ses verbes et ses oasis dans des frénésies
solidaires démystifiant les opiacés et les lacs drapés
de pâleurs abyssales,
Pour en contempler et en fructifier la sève
anachorète, et en destituer les élémentales
contradictions stériles.

« Nue de la frondaison des parchemins qui ne
s'inventent mais se prennent avec l'assurance du
conquérant qui ne se meurt,
Toujours, brisant les nuées, terrassant les
incertitudes pour prononcer la venue impartiale de
la maîtrise conjuguée,
Lave de l'origine au flux escarpé où la volition ne
trahie ses concordances, aux fins d'iriser la
permanence consciente. »

Présence aux voilures de la nue, dans les rouages des cycles temporels qui s'effeuillent au sourire des rêveries amantes,
Dans la chorégraphie des œuvres sans sursis manifestant les degrés de la permanence comme de l'impermanence,
Dans ces rides et reflux des ondes voguant de portuaires dimensions en portuaires dimensions afin d'annoncer leur appartenance.

« Félicité des termes et triomphe des vœux, dans le flot dormant des voûtes tutélaires déployant l'arc-en-ciel des semences,
Où se nidifient les instances sacrales permettant d'évaluer les constantes et leurs marches à propos vers la réalité dimensionnelle,
Cette force conjuguant les florales avancées comme les chutes nécessitées par la pluralité des choix et leurs essors circonstanciés. »

Qu'ivoire de l'onde majeure les assurances perlant des saphirs ombragés et des bois d'ébène aux eaux tendres et sauvages,
Désirant leur naissance à l'état vivant, à cette parure dont les monades ne se suffisent mais s'éblouissent,
Afin de parcourir les immensités naturelles, conviviales et certaines déployant leurs oriflammes par toute navigation sereine.

« Modalité exposée des mantisses abouties désignant par les sphères l'état prairial des aventures qui ne se blottissent,
Mais déjà, dans le front du zéphyr se dressent, majestueuses, et supérieures à toutes ovations qui pourraient les méprendre,
Le Chœur de leur saison, moisson de miel des saisons, se livrant aux passementeries des apogées diluviennes. »

Marbrant de lys la conception de toute demeure, dans la forge hémimorphite de l'épopée enfantant dans ses semis la gloire,
Le frisson haut en couleur magnifiant l'idéalité dont les ailes safranées dirigent le mouvement gracieux de leurs circonvolutions,
Par-delà les abysses maritimes, les gouffres naufragés, les perceptions aveugles et leurs cohortes de stèles épousées.

« Ainsi dans le verbe la mesure qui se tresse voyant des émanations hier vagabondes de nobles essences en partance des voies nuptiales,
Là, ici, plus loin, dans le fracas des énergies dantesques, de souches infinies, délavant les flux irisés de viaducs initiés,
Pour les parfaire dans l'ascension d'une thaumaturgie aux symphoniques consonances, relevant le défi de la Vie. »

Par les routes aux clairs sentiers, dont les randonnées sont de splendides étoffes colorées, chamarrées d'agates,
Où, glissent, imperturbables, les coques d'amandium dans une étincelance vive et pure fendant les horizons,
Les plus distincts comme les plus ténus, toujours dans la détermination nautonière du sort qui ne se bafoue ni ne se déserte.

45

« Sans masques et sans outrages devant les découvertes transcendées par les lieux ouvragés, où les ilotes sont demeures,
De villes comme de baumes de cristaux divins dont les épanchements rayonnent la salvatrice posture de naître et renaître,
A la préhension intime de la beauté et de ses sens aux sentes sans abandon unissant les cœurs par un serment de vitalité. »

Destin des rus se vouant aux fleuves, et des fleuves se vouant aux plus vastes Océans où se meuvent les Oiseaux Lyres épanouis,
Dont la devise se prononce, s'éclaire et non seulement s'imagine, mais se parfait par le répons de la concordance,
Celle dont la rencontre officie, dans la plénitude de l'écume et de ses joies souveraines, où s'abreuve l'abeille nourricière.

« Prière de haut songe aux promontoires sublimes
des espaces intersidéraux où s'en vient le Sage dans
l'aristocrate perception,
Marquant de son cœur aux palpitations en
résonance avec l'Absolu, la maîtrise de l'essor dans
les confluents avides,
Téméraires et instruits des précarités du vide et de
leurs opales légères situant des fleuves incarnés les
diamantaires nidations. »

Culmination des songes comme des rêves dans la
vêture sacrale d'une ordonnance impériale,
nantissant les escales anachorètes,
Livres de parcours intenses aux fenaisons
d'histoires antiques restaurant des Pléiades les
noms sacrés et distants,
Et par la densité des appréciations sans refuges,
l'orphéon vestale de la divination solidaire
alimentant les dires d'un écho.

« Somptueux son écrin dans les rimes qui ne
s'effacent mais se tressent indéfiniment pour porter
aux lagunes ivoirines,
Et la motivation profonde et l'exaltation féconde,
tant des équipages que de ces fiers capitaines
sillonnant les lacs ambrés,
Les forêts majestueuses et leurs orées bordées de
mers étincelantes comme d'océans implacables ou
austères. »

Où se tiennent dans le silence de la pluie et dans la bourrasque les moissons du jour à vivre dans la fécondation des heures,
Insistances de la mesure perçue comme atour et parousie des mânes en essaims ouvrant sur le large l'attitude précise,
Et de la florale interdépendance comme de la noble conséquence témoignant de l'audace, et par-delà, la félicité apprivoisée.

« Tandis qu'aux préaux des cimes embellies s'incarnent les circaètes comme les aigles du printemps,
Dont les vols sont sentences d'un apprentissage, d'une évolution exonde, espiègle et intarissable, contenant le charme de la plénitude,
Arborant dans ses frontales assonances les clameurs de moiteurs rayonnantes et parfumées d'oasis mélodieuses. »

Oasis sans tourmente des pentes en semis aux venelles précieuses charriant l'onyx et les cristaux d'obsidienne mordorés,
Attisant les aciers éclairés de satellites somptueux vivifiant les marges des continentales demeures où s'inscrivent les armoiries du règne,
Là, ici, plus loin, décilles de la candeur qui ne s'appartient mais toujours nourrit les fronts vocaux des rives initiées.

« Desseins des souffles aux flamboiements des zéniths accomplis marbrant de leurs coloris les draperies purifiées,
Et de la destinée et de ses ordres aux tumultueux présages combinant les abords de toute détermination,
Comme de toute fractale intelligence se destinant à l'horizon le plus limpide comme le plus éthéré afin de baigner dans la luminosité. »

Les voies des Univers traversés, ces voies festives de tous les éléments incarnés aux énergies fugaces et vives s'épousant,

Lutant, se contenant, toujours débordant d'une vigueur salvatrice assistant les sylves héroïques des marnes aux alluvions d'or,

Dans la force comme dans la tendresse, élevant des fanions à la gloire de la Vie par toutes propices novations accueillies. »

« Suavités des parcours enfantés postérieurement aux rêveries et de leurs solaires démarches par les Temples aux inscrits énergétiques,

Où se situent les fresques des embrasements telluriques, des orages diluviens, des tempêtes manifestées,

Ruisselant dans le feu et dans son exacte qualification le déploiement que nul ne peut renier sinon se renier lui-même. »

Permanence des sites dans leur aréopage princier,
l'ode s'élève dans un nectar florissant, abreuve les
désirs et leurs instances,
Déjà dans la préciosité des armes vécues se dresse
le firmament de leur départ dans une viduité
formelle excellant la mesure,
Et de l'Éternité et de ses flots en farandoles dont les
secrètes extases trouvent condition dans leurs
légendes mobiles.

« Visiteurs de mondes en état, dont les sources sont
anémones de senteurs adulées, visiteurs de sentes
éclairées et virginales,
Précipitant dans l'Orient des mille et mille grâces la
postérité et ses forces natives, exclusives d'une
découverte,
Que rien ne peut ternir, tant la luminosité en parfait
les abondances, là, ici, plus loin, dans un
couronnement natal. »

Il n'est plus de demeure ici, bien sûr, que la
demeure qui s'éclot et s'anime dans une fertilité
dont témoins, s'abreuvent,
Les splendeurs du passé comme du devenir, ces
éthers aux spontanées langueurs traversées de
flammes adventices,
Où se situe le croisement des artères permettant de
naître l'alcôve et ses effluves en majesté, ses corolles
éployées.

« L'heure n'est plus au sursis ni dans l'abandon, et les escouades à la prononciation du vœu s'élancent vers le discernement,
De vagues vivaces les reflets votifs de l'innocence, incarnant la pure pose qui convient aux conquérants des abîmes,
Laissant le frisson de l'espérance pour reconnaître non seulement la source mais le ru permettant l'évanouissement des songes. »

Ainsi dans le souffle qui s'entretient et se perpétue alors que dansent les oiseaux lyres les festivités d'un sacre en avenir,
Toutes notoriétés aux filiales arborescences se destinant pour assouvir les pétales et sépales de la Voie espérée,
Afin de hisser le pavois du Vivant jusqu'aux limbes les plus extrêmes, par les passes les plus dangereuses et formelles.

« Que chantent les vents de la gloire et leurs prémisses aux nuées des conviviales dénominations de vivre et d'essaimer,
Par ces navires aux fiers essaims s'accouplant à l'immortalité dans la mortalité même de leur incandescence,
Dans la frénésie de l'ardeur qui ne se circonvient, mais au-delà de la pusillanimité se résous par l'équation de l'œuvre. »

Miroir scintillant des eaux vives des ondines, aux lacs éphémères, les gravures surannées pour antiennes,
Dont les harmonies sont de la lumière parsemant les armures et les élégances prononcées, dont les serments sont augures,
D'aller en deçà et par-delà conter la rectitude et ses magies sans atermoiements, dans un élan superbe et souverain, impérial.

« Aristocrate modalité des temps comme des espaces qui, mûris, détiennent la raison des pouvoirs et son sortilège,

Dans une réciprocité des formalités majeures élevant de degrés en degrés la postérité de la congruité manifestée,

Aux pulsations critiques, aux palpitations sereines, édifiant la désinence de l'horizon par les Univers et leur intuition. »

Dans un apogée dont la stylisation enfante le chorus de toute vacation par toutes latitudes comme toutes longitudes,

Advenant par la résonance le fruit de la fulgurance dépassant les critères tant du temps que de l'espace pour naviguer sans aménité,

Vers ces lieux où se tiennent les premiers arcanes bâtisseurs, cathédrales aux vespérales allégeances sans repos.

« Conciliabule des esthètes, le mouvement prend de l'amplitude, correspond les fractales avancées diaprées d'étincelles moirées,
La nuit tombe dans le silence étourdissant des précipices où les termes de l'aven ne sont sursis mais conjonctions,
Multiplications de ramures impérieuses sous tendant les cils d'un destin dont les orbes se dressent sur le couchant. »

Les nefs en harmoniques se précipitent, lentement se dématérialisent comme leurs corps pour ne laisser plus place,
Qu'à l'Esprit flottant au-dessus des eaux, délaissant les rivages agraires pour les friches à discerner, contempler, opérer,
Lentement, mais sûrement, coordonner dans cet essor dépassant toutes instances gravitées afin d'en parfaire la raison majeure.

« Il n'y a là plus qu'une tempérance qui imagine, frontale, la diversité commune des azurs et des embrasements solaires,
Des improvisations où la concrétion des sédiments partage un renom, celui de la forme assurée délivrée et parfaite,
Assumant les auspices précieux des frontières déterminées percevant l'horizon et ses enfantements distincts et supérieurs. »

Corrélation des atermoiements dont les constellations s'effacent pour ne laisser plus place qu'à l'existence suprême,
Agissante perfection dans le creuset des houles du néant arborant des sillons éphémères, des suavités exondées de firmament,
Et des éthers imparfaits se révélant dans la pure gravité des vœux survenant les héritages les plus constants.

« Stèles aux ornements gracieux virevoltant dans les lagunes où les prismes de l'incantation visitent des magnificences nacrées,
D'épervières conjugaisons où sans discontinuer s'avancent les flux et les reflux des densités exquises de l'intemporalité,
Gravitant des forges créatrices dont les éclosions sont des cités de granit et de quartz où s'illuminent des présences animées. »

Délaissant les vanités pour les écumes blondes de la révélation, cette formidable irisation, la surconscience,
Dont les éclats sont les vertiges des épopées loyales où s'affairent les multiplicités venues des hymnes les plus ténus,
Comme les plus vastes, allant les préambules d'une Histoire unique et messagère dont les fresques sont, de l'éloquence, natives.

« Verbes dans le Verbe et par le Verbe aux victoires ébauchées, ici, là, plus loin, par la créative allégorie de l'onde rayonnante,
Marchant sans entraves vers la réalisation de toutes aventures du vivant, par ces pistes aux embûches considérables,
Par ces fluviales compréhensions délibérant des algues le retour dans les brumes ou bien la lumineuse béatitude. »

Isthmes d'îles nouvelles à voir, nues du dantesque
empyrée dont les racines sont de miel et la vertu de
l'écume la plus dense,
Marge septentrionale des horizons unis et réunis
dans la foison des semis en marche vivifiante,
devisant l'Éternel,
Sa logique, son emprise, son triomphe, via non
seulement la contemplation mais l'action indélébile
marquant l'aire de son emprise.

« Aux stances parfaites mesurant l'alacrité d'un vœu
d'évolutive lucidité par les marais et les gouffres
insondables déflorés,
De la brute matière les cortèges réfléchissant le
seuil et ses agencements éclos, cherchant à en
rayonner l'inconnu,
L'inénarrable comme le contenu tant l'énergie est
souveraine de tous ses opérandes, délimitant
l'aspiration du contrôle. »

Prélude des signes dont les engrenages se désignent dans les astres et leurs vigoureuses déterminations conjoncturelles,
Des occurrences étrangères les manifestes, ramifiant leur genèse dans des convenances aux mantisses abreuvées,
Témoignant des délibérations les plus nobles comme les plus austères, toujours révélant des marbres des lisses horizons.

« Ainsi la vague dans la prémonition des œuvres sustentées par le sérail et ses floralies votives dont les jeux sont luminosités,
Bruissements de pétales et sépales aux coloris enivrants développant dans les passementeries des saisonnières conductions,
Les phares stellaires nécessaires à la course aux frondaisons des rites et des rives à naître par-delà les abysses oublieux. »

Fiers levant des étoiles blondies de sérails olympiens, où se tiennent les résurgences des fondamentaux écrins,
Tenants des principes éclairant la majesté des mondes et de leurs florales appartenances au miracle instauré,
Par l'Empire et ses desseins les plus transcendants, déclinant les imperfections pour ne conserver que les rubis éclatants.

« Portuaires prolongements aux membrures sinuant les infinis dont les entrelacements intègrent le déplacement,
Et des cohortes et de leurs constructions novatrices, épousant les cieux de fantastiques préaux où se tiennent les mages,
Escouades du Levant hissant à la pérennité le sol comme le sang de la sève vivante pour la naître à l'incandescence sublime. »

Là, dans ce vide incarné de limbes dont, semences, s'élèvent les exigences de la pluralité des aubes sous le vent,
Abritant les secrets et les espoirs des rêveries troublées, des songes granitiques, et la cognition dans son désir,
De maturité comme de malléable apprentissage où se conjoignent les houles gravifiques adressant leurs hommages puisatiers.

« Décence du propos dans la moisson des zéniths où, volatiles nuptiaux, se tressent les orichalques de la gravure intime,
Perlant de ses denses apprivoisements les sacres d'un enchantement, sous l'ovation de termes présupposant l'irisation,
Cette non-dualité provoquant la passation des cycles, de l'un comme de l'autre, dans la consécration de la viduité. »

Hommage profond allant des ressacs les îles éblouies par le chœur navigant, délétère des incertitudes masquées,
Promouvant des oasis les sereins appariements où se visitent les places diamantaires, écloses de pure incandescence,
Celle qui ne se brise ni ne se nargue, toujours sans abri s'élève dans la grâce afin de porter le message de la paix conjuguée.

« Visitation des sols et des roches minérales croisées de l'éloquence et de ses prières dont les tonalités sont de symphoniques éclairs,
Ivres de la splendeur étonnant les paysages familiers, délivrant de l'absence et de ses méditations impassibles,
De ces maux enfantés par l'ignorance et ses degrés telluriques, par l'incapacité et ses consonances fatales et destituantes. »

Ainsi dans la mesure du chant qui se prononce et éclaire la souveraineté par toutes faces des univers créés attendant leur essence,
Dans la foison des regards qui s'éveillent à la densité et non à la préciosité, à la foi et à la vertu de cette foi en la Vie pour la Vie,
Saluant le couronnement des floralies dans leur démesure comme dans leurs ténuités, les plus fécondes comme les plus harmonieuses.

« Libre désinence des vœux dans leurs particularités comme leurs arrangements les plus libres en perfection,
Dont les présences sont des havres de jouvence nourrissant la destinée des âmes en écho, des esprits éclairés et des corps magnifiés,
Dont l'unité transcende toute démarche comme tout galop fougueux, comme toute réserve, dans l'humilité parfaite. »

Dans cette parure qui sied à l'individué comme au généré par-delà les failles des temporalités déçues, par-delà les dissensions,
Toujours plus loin, voyant en armes les fondements des pléiades avant que de s'unir pour espérer des lendemains propices,
Irriguant dans les fleuves la joie et la plénitude pour œuvrer dans un ensemble parfait à la condition vivante et salutaire.

« De coordonnées dont l'axe saillit l'organisation dans ce qu'elle a de plus vitale et de plus affirmée, comme de plus conquérante,
Initiant des épures les transes évertuées, et les mondes essoufflés pour leur rendre leur cristallisation intime,
Parfaite et souveraine, sevrant la pénétration des songes comme des rêves afin d'orienter le souffle puissant du réel ouvragé. »

Bâtissant de renom les formes épousées, les ancestrales dévotions et leurs temples aux antiennes acclamées,
Dans la forge sur le néant réitérant l'absolue divination de la marque frontale assurant le pur devenir sans austérité,
Dans la magnanimité des verbes éclos partageant les ascensions et leurs mouvances lactées de brises et de ferments opalins.

« Explosion de voix en voix dans la Voie sublime se partageant pour offrir au-delà des nuées l'évocation de la nature profonde,
De la connaissance les livresques opérations, dont les intuitives fractalités synchronisent les moments menant vers l'Éternité,
Dans des seuils ouverts, tremplins de la fécondation des rives ne se malmenant dans les affres du désir et de ses égarements. »

Clameur du Vivant aux fronts de l'Olympe, magnifiant le sort et son dogme dans des développements rares,
Formalisés par la prestance, l'honneur et non seulement par la gloire comme la victoire, saisons mortelles par essence,
Saisons de crachins aux salaisons des fucus sous la nue cendrée où se tiennent les mausolées de l'histoire et de ses incarnats.

« Le livre du vivant pénétrant la concaténation des offrandes pour en faire jaillir la Lumière sacrale, officiante et régénérante,
Délivrant des inopportunes grandeurs, de ces miasmes sans raison dont les fruits ne portent que des alluvions mauvaises à voir,
Aux brutales conditions ne menant qu'au néant qui doit toujours et à jamais être dépassé pour prospérer la sève de l'arborescence. »

Désignation qui ne s'importune, ni ne se renie, car dans l'Art le signe de toute mesure opérante, ici, là, plus loin,

Hâlant la fortune de la moisson des œuvres aux lagunes propices et supérieures dont les faces sont motrices de toute détermination,

Celle de la Vie affrontant la pierre brute, ses limons aux organdis éparpillés développant leurs moisissures compénétrées.

« Où le Verbe dispose, s'incante et se promet, pour en taire les florilèges et les conjonctures stipendiées et délétères,

Les arbitraires concrétions comme les échouages mystérieux, où se glissent des nefs irradiées par leur naufrageuse carènes,

Volitions d'un instant d'écume alors que le formidable degré s'évertue et ne tient compte de la ruine qu'elles prononcent. »

Dans la magnificence exclusive du sort qui ne se
complaît mais agit dans la finesse, l'autorité, la
suavité sereine,
Dans une aubade dont les mélodies se répercutent,
inaltérables dans le vide pour éclore les promesses
des plus beaux jours,
Ces temporalités se hissant vers la vertu, le
sacerdoce de l'immaculée perception ravissant le
destin et ses ambres.

« Où s'en vient le signe distinct de l'harmonisation
qui ne se contemple mais lentement surgit dans le
nectar nuptial,
Propice de toutes les incarnations, de tous les fastes
comme de toutes les noblesses, dont les parfums
sont enseignes,
De la Beauté en ses périples, ses vacations
houleuses ou dantesques, toujours présente dans le
fruit suranné. »

Ce fruit porté dans le règne solaire où régissent les
Sages les pluviosités sacrales et les adventices
compassions adulées,
Pour offrir à la plénitude le serment d'un ivoire
certain dont les mailles de malachite reflètent la
densité de l'existence,
Sa formalité, son état et sa puissance visitant des
ondes les secrètes étreintes, les caducées et les
vestiges des hymnes. »

« Devises des souffles par les immensités partagées, et celles inconnues dont les drames se présentent, dont les cris s'évertuent,
Appelant à la racine même sans oubli dont les phares gravitent les pluralités qui ne se figent mais se préparent à naître,
Là, dans ces sillons de la pluie divine, ici dans le vent et la théurgie du zéphyr, plus loin dans la parure de l'ouragan natif. »

Porteur salvateur de la pérenne demeure, de sa préhension comme de sa compréhension, dont les portiques se révèlent,
Et dont la clé se tient dans le cœur, la palpitation suprême développant ses arcanes des lieux aux mystères impalpables,
Dépassés par la force situationnelle engendrant les courses de l'harmonie dans la raison de l'imaginal et de ses fleuves étincelants.

« Concordance des rythmes qui prédisposent à la particularité de l'essor victorieux sur les éléments les plus troubles,
Comme les plus nocifs, de rencontre par les passages dont les ardeurs ne se correspondent et s'illuminent de leur résistance,
Une résistance affine née de la difficulté à reconnaître les parchemins comme les distances nécessaires à la parousie. »

Lieux distincts et ouvragés dont les surgeons dévoilent d'arachnides convictions s'étiolant dans la mesure anémiée,
Celle qui se ridiculise aux déperditions et amène en son sein et par ses actes les écrits fauves dont l'équilibre se défait,
Sans l'ombre d'une répulsion, car tout de la Voie qui se glisse jusqu'aux formes les plus étranges afin de les dissoudre dans le rang.

« Rang de l'allégresse et de ses promesses, délaissant à la rive les moires aisances, les compromis douteux et les rêves opiacés,
Pour baigner l'azur d'une coutume messagère, plénière et satisfaisant les élémentaires conditions de l'avenir inoublié,
Frappant à la porte des dédales instaurés par les perturbations chroniques des contractions indéfinies statuant leurs idéaux. »

Chimères mystiques développées à outrance dont les trônes sont d'un éternel retour vers le berceau des sources, les alizés,
Coagulation des règnes et des faits nés de ces règnes dans la poussière des tombes où attendent de renaître,
Les épervières corrélations contrariant l'intrépide langueur comme les horizons dramatiques des sommeils apprivoisés.

« Pages effeuillées des mille ouvrages dont les trames destinent les votives démarques aux stances anémiées et chaotiques,
Révélant des sites les augures comme les princières évanescences, des Peuples accouplés à la stérilité et sa suffisance,
Des âges au gréement lointain flottant des pavois dans de sombres adjonctions marbrées de dires aux proses méthodiques. »

Rapportées de rives enceintes de fortifications belliqueuses ne concevant le dessein du destin en dehors de leur heure,
De leur espace, tous deux consumés par un agir sans construction se lamentant de ses propres opportunités,
Comme de ses simples désinences, tant de critiques leurs supports que les mots ne s'y inscrivent mais se perdent à jamais.

« Développement de la surdité dantesque de frénétiques vases dont les danses surgissent parfois aux frontières impériales,
Sitôt remises à leur place dans le néant qui les conflue et les avive, dans un remous disgracieux dont la tombe est le nectar,
Indécence téméraire châtiée d'une main de fer par les guerriers dont la puissance émérite exige toute viduité. »

Dans le mystère des gouffres prononcés jusqu'aux extrémités des Univers où son nocturne agencement s'efforce et se délimite,
Par chaque épreuve retrouve la racine du débat initié par ses temps équivoques, balayés par le règne et ses écrins,
Constante qu'il convient de relever permettant d'éteindre l'incendie couvant des lames de fonds surgissant du néant et de ses étreintes.

« Ainsi par cette reconnaissance le déploiement propice qui sied à la consécration de la lutte de la Vie contre le vide,
Toujours devise des nacres sans instincts balayant de leurs turpitudes les aires oublieuses et sans sursis de leurs laves,
Affairant leurs miasmes dans l'intempérance, contrées par les marches salutaires tenues par l'impédance guerrière révélée. »

Visage de la conscience affairée ne se troublant des invitations désuètes qui furent les naufrages des plus nobles civilisations,
Sans masque, relevant par la pureté le défi de l'ombrage et de ses supplices bourbeux et fangeux suant la déraison,
Vibrant intime la perfection à naître dans ces marais putrides où se congratulent les ignorants thuriféraires.

« Cette masse agraire dont les effluves portent vers les limbes les plus faméliques, dans des embellies qui se veulent uniques,
Lors qu'elles ne furent et ne seront toujours que dissociations de toutes révélations d'incarnats destitués,
De par leur essence totalement hors du propos de la Vie et de ses modulations les plus endurantes comme les plus exaltantes. »

Dont les venins sont les alcôves de la dissonance, affluents de racines perceptibles dont les mouroirs sont aboutissements,
Tant de l'âme que de l'Esprit, que des Corps, les ramifications de leur Éternité ne pouvant que s'égarer dans les conflits,
Pour attraire à la pusillanimité les astreignant à l'écartèlement, l'indistinct, la nausée dans toute sa gravité et son infection.

« Dont l'entreprise toujours s'est retrouvée, comme dans ces confins, devant une adversité mesurée, épanouie et unitaire,
Lavant son affront dans la rectitude qui se doit pour éclairer les sapiences et les voir de nouveau s'embellir dans le jour,
Là où elles se perdaient dans la nocturne errance se contemplant et bravant la certitude en se croyant plus téméraire. »

III

De source claire

Prémisses des hymnes par les contrées sauvages,
Où s'en viennent, épures de grands noms, les âges
Souverains qui portent en leurs écumes les solaires
Et diluviennes appartenances des sols, dont l'éther
Anime la fluviale désinence des ornementations,
Forgeant des cités leurs parures aux purs renoms,
Où la Nature féconde les densités exquises revenues
Reflétant des âmes les conditions des ors devenus
Aux concaténations énergétiques révélant la nue.

Prédestination des œuvres la théurgie de la reconnaissance manifeste ici son indélébile majesté par les lacs de floralies,
Où se trouvent les liserés de l'annonciation et de ses prestiges dont les fêtes sont passementeries de gloires adventices,
Dons de fertiles parures couronnées de joies et de tendresses, dont les irisations constellent la pure éloquence d'un vœu.

« Naissant le feu, sa gravure immortelle, ses incandescences lumineuses transperçant les ténèbres avivées,
Les nuées austères et leurs mélancoliques errances dont les produits sont moisissures des temps comme des espaces,
Par les louvoiements gravités des sphères ondines où le Chant ne se perd, toujours rallume la flamme de la hardiesse conquérante. »

Nul écrin ne pouvant rester dans l'ombre la plus glauque comme la plus mélodieuse, nulle force ne pouvant conquérir,
Si elle n'est mesure de la candeur puis de la grandeur, puis de cette salvatrice imposition du savoir alimenté,
Déversant ses épreuves d'acclimatations par les racines, comme le miel nourricier prononçant la venue des plus vastes sortilèges.

« Étreinte aux marches du palais, là dans ces fresques dont les ivoirines perceptions, méthodiquement, incarnent l'allégresse,
Par-delà la frénésie et ses appétits dantesques, dans la calme attitude qui concorde le désir non de se satisfaire unilatéralement,
Mais de satisfaire à la viduité, au Soi souverain, élémentaire et incarné sans complaisance, comme sans déraison. »

Fruit gravité des perfections dont les messagères envolées façonnent les Temples à Midi, les prieurés éclos,
Et ces cathédrales mesurant la destinée, la préciosité de l'incarnat, la densité exacte de la mutation des éléments,
Dans cette ébauche saluant les soleils merveilleux pour en signifier les ondes, les gamètes enfantés, et les planètes adulées.

« Ainsi par les atours de la pluralité des mondes, dans ces secrets votifs perçant les mystères les plus surannés ou dévots,
Parcheminant le calice des sèves d'un ajour incommensurable s'ouvrant sur les larges latitudes où se nichent les Aigles,
Impérieux et imposants, délaissant les cimes pour reconnaître les abîmes, interférer puis prendre de la distance calculée. »

Une distance permettant de voir au-delà des caprices enfantés, en deçà des rêveries opiacées, les thèmes ordonnés,
Les clameurs estompées et ces grands cris de vivre qui étoilent les jardins de la féerie de sacres aux éventails de rubis,
Naissant aux brises du matin les respires d'un répons dont les ordres sont des miroirs d'opales et de quartz arraisonnés.

« Vif pépiement des oiseaux lyres aux matures arborées par les sites embrasés, aux cargaisons d'épice et de ciel,

Aux cales emplies de denrées rares, puisatières des semis de terres offertes, dont les lys désinences se témoignent et se vivent,

Par des Peuples en novations, des êtres en voie de luminosité, toute une génération d'esprits au-dessus des eaux limpides. »

Attraite de la volition et de ses parfums ourlés de promesses, tempérant les avancées comme les essors par la réflexion,

L'apothéose du jugement, non celui des valeurs mais celui d'existence, hissant ainsi ce qui semble éternellement dépassé,

Vers le creuset du cristal dont les facettes reflètent par complémentarité la multiplicité dans son mouvement sans affectation.

« Préséance de l'aube de la nue où se témoignent les densités exemplaires comme les frontales persévérances,
Où s'éploient, virevoltant des incandescences fragiles, les baumes de la pluralité des sphères déployées et sereines,
Îles parmi les îles dont les enseignes sont médiatrices des déplacements aux frondaisons lointaines des zéphyrs porteurs. »

Aux cargaisons nouvelles à voir, engranger et délimiter par les rives aux nectars parfumés de ce songe grandissant,
Aérien et volatil, hissant dans les misaines les prononciations du Vœu phosphorescent trouvant lagunes aux pontons d'or,
Que content les Aèdes à l'ombre des chênes millénaires, accompagnés d'oiseaux aux plumages chamarrés et clairs.

« Merveilleux canotage délivrant des ondes les safrans désirs de la résurgence des flots et de leurs ombrelles nacrées d'ivoire,
Où l'Histoire régit, enturbannée de festive innocence et de cette forge dont l'azur conte les vertiges comme les vestiges diaprés,
Ignorants les communes mesures pour embarquer vers ces sites où le songe se façonne dans le réel pour ennoblir. »

Dissiper les errances et les témoignages belliqueux, les draperies mauves et pourpres des insolences académiques,
Pour œuvrer le sens de l'Absolu sans égarement, sans mouvement bref de sourcil, sans carène ni bruissement d'ébène,
Dans ce secret de l'éther qui se parfait s'émonde et dont les refrains partent vers l'immensité pour en reconnaître la féconde autorité.

« Mage consomption des mânes à propos dans les fêtes à midi des temples solaires striant les desseins de l'Empire exondé,
Martelant de ses empreintes les terres mémorielles, les limons aux douves participant à la création des fondements matriciels,
Dans une convoitise où se retrouvent les êtres surgissant du néant pour naître à l'intime équipée du souffle vivant. »

Délaissant leurs vêtures lactées aux chimères oublieuses, pour se vêtir du lied et de ses pluies florales et suaves,
Avancer dans l'horizon moiré de rêves où s'enhardissent les troupeaux des sèves matinales, aux orées nuptiales,
Diligenter le terme des blafardes écumes sillonnant les frontières opiacées où se tressent encore des frénésies nocturnes.

« Reconnaître la somptueuse parure de l'ascension et de ses énergies dont la plénitude distance les rayonnements ourdis,
Afin de les éclairer par-delà les ténèbres d'une fonctionnelle latitude leur permettant d'évoluer à jamais, sans mystère,
Sans fauve grâce dans la permanence et ses degrés sabliers toujours renouvelés afin d'attraire la perception à la compréhension ouvragée. »

Livre ouvert sur les remparts démiurgiques dont les
étreintes forgent le quartz amène délibérant des
ondes les secrètes espérances,
D'un voyage sans retour devisant l'Éternité et ses
symboles armoriés où se portent les coloris de la
vertu glorieuse,
Passante messagère d'un éclair de saison dans la
volition ne souffrant de se complaire, mais désirant
tout simplement naître.

« Tisserand de la nuit par les étoiles extatiques dont
les correspondances non seulement éblouissent
mais présagent,
Des nefs dynamiques et des navires constellés par
les moissons de l'œuvre dans une destinée des plus
animée comme élevée,
Transcendant toutes faces pour les induire dans la
formalisation harmonieuse où se délimite le Vivant
du vide et de ses actions. »

Source claire des rimes de la vertu aux aréopages
distincts enchevêtrés dans la constance d'une
recherche gravifique,
Élémentant les réalités pour les associer dans une
alchimie dont les secrets s'étiolent devant la
prescience acquise,
Révélant l'inné et ses parures exquises labourant les
cercles de la progression intarissable des racines
vivantes et glorifiées.

« Où le sens ne se tarit mais vogue infiniment vers
la route des caducées où se visitent, anachorètes,
les florilèges de l'existence,
Leurs formes drapées de savantes enluminures dont
les détails armorient les pétales de la roseraie aux
couplets divins,
La sécrétion de l'aristocrate modalité de
l'interdépendance et de ses féeries en nombre
saillant la destinée sublime. »

Dessein des orientations qui se meuvent par les
surfaces engendrées, aux convoitises d'alizés aux
courses vibrant,
Tant la foi que son écume aux liserés de la
perception assainie dont les diamantaires parfums
sont houles à propos,
Désignation des rites et profondeurs de l'espèce par
les espaces les plus accomplis comme ceux
s'ébrouant pour naître.

« Au nectar opalin des tendres harmonies dont les
véhicules cendrés révèlent les diurnes constitutions
qui s'émeuvent,
Se parfond, et dont les oasis sont les sources d'un
fleuve granitique où viennent boire les oiseaux
chamarrés de liesses,
Eblouissants les heures pour en anémier les fauves
latitudes, les ombrages douloureux et les candeurs
domaniales. »

Par les frises de l'innocence, témoins qui passent et
ne reviennent devant l'horizon ferme et silencieux
œuvrant la fulguration,
Dans un layon sans chagrin développant ses rives
aux senteurs de miel, ondoyant de ses arbres
tumultueux,
Grands frères novices des espaces, les marnes des
eaux puissantes et désirées de l'orbe au sillon
apprivoisé.

« Marquant de ses élytres les capacités sereines non
de stagner mais bien d'avancer par les ondes les
plus ténues,
Par les moissons ionisées dont les symphoniques
congruités s'inventent des nuageuses préhensions
aux intimes ramures,
Canalisant les cohortes, les unes les autres,
officiant dans la permanence l'autorité du Verbe qui
conflue et afflue. »

Par les cités comme les domaniales concaténations
réverbérant la fidélité d'un sacre et la motivation
d'une victoire arborée,
Dont les délicieuses crêtes marchent de fêtes en
fêtes les superbes tremplins où se dressent les
félicités constellées,
Prises et reprises par les mantisses encourues des
marbres au nom glorieux glissant dans la parure
exondée de leur hymne.

« Ce nom sans absence que prononcent les Sages aux armures grées dans l'attente de leurs délibérations comme de leurs songes,

Pour créer la vitale définition des lieux, bornant les mystères échevelés, les contemplations hâtives, les incertitudes bigarrées,

Afin de les voir joindre le pli d'une lente coordination mêlant, habile, le savoir et la recherche de l'entendement. »

Afin d'enivrer le bienheureux ruisseau qui féconde toute semblable maturation des corps, des esprits et des âmes louangés,

Dont l'Unité forge le vivant aux plus vastes promontoires qui soient, là, dans ce berceau de l'inconnu des temporalités,

Initiant la mesure du déploiement de la transe conjuguée, menant vers l'infinitude et ses densités révélées et souveraines.

« Sapience des cœurs opérants manifestant des conciliabules secrets où dort l'or des cycles et de leurs épanchements,
Tresses de la forge des inspirations contant les mille et mille étincellements par les falaises battues par les vagues amazones,
De navires fiers les étreintes parfumées de baumes ancestraux et sinuant dont la préhension fonde les lendemains à naître. »

Manuscrits de règnes aux novations inscrites aux remparts des regards qui enchantent le déploiement de l'orbe enseigné,
Tégument des salinités votives aux orientations balbutiantes en leurs orées, déjà déversant, mânes de l'histoire compagne,
Les incarnations mobiles, trouvant allégories de gravures épithéliales, de chariots de feu aux mystiques allégeances.

« De l'espérance les diurnes épopées labourant les sols de leurs socs au métal précieux, ensemençant la destinée et ses prouesses,
Les unes limpides dans le sacre printanier, les autres stériles dans les futaies de l'ombre et de ses caprices vénéneux,
Voyant l'une l'autre l'abondance sans négligence développer ses méandres dans des conditions nouvelles ou délétères. »

Menant vers le rayonnement ou bien la déliquescence par les symphoniques coordinations des jugements,
Ces allées de la Voie dont les modélisations multipliées vont sous le regard des formations, devisant le sort,
L'essor ou bien le déclin, toujours cherchant à orienter la juste mesure afin d'y innerver le sursis des heures aux surfaces.

« Matière de l'origine sous le nid solaire dont les éperviers attendent la lumière, dans la gloire d'un frisson votif,
Dans le tumulte des sens sous les dômes, veneur de densités exquises dont les ajours sont sans désinvoltures advenues,
Les briques d'un partage templier où se recueillent les agencements les plus nobles comme les plus autorisés. »

Là, des alcôves les opales aux rubis éclatants vibrant des clartés soudaines les péristyles de demeures nuptiales,
Ici, de florales instances aux blondeurs safranées marquant de leurs ondées les fantastiques masures où s'abreuvent des sortilèges,
Plus loin, aux essaims de fluviales lactescences initiant prairial la rengaine des volutes explosant de coloris ardents et mûrs.

« Toutes forces dont les croisements se fortifient, s'enseignent, renaissent, dans une pluviosité dont la nacre ne se perd,
Mais, sans conflit, se fructifie par des ramures dont la genèse se magnifie, se conduit, s'ouvre à la pérenne majesté,
Celle de portiques ouvragés contant en leurs fresques les mémoires qui furent et celles qui viendront des prouesses. »

En lice de l'assomption et de ses atours, sans atermoiements de la nécessité et de ses valeurs formelles,
Toutes assurant le principe de l'évolutive conscience qui ne peut se ternir, s'oublier, s'obérer, sous peine de voir les univers péricliter,
Sous peine de ressentir l'indéfinitude et ses embranchements oublieux conduisant au désert et ses sables sourcilleux.

« Thématique sans nom épousant les contours dont les reflets sont des parures évanouies devant la constante gravitée,
Mariant des abîmes les cimes pour les assigner à la félicité et non à la dérive comme à la prostration de l'inaction et de ses œuvres,
Cette inaction ne permettant de surgir l'innocence à la composition sacrale dont les arches s'élèvent à l'infini et son embrasement. »

Essaim de fortifications ouvertes sur les seuils du Vivant, révélant avec profondeur les épanchements indissociables,
Luttant pour la pérennité et ses œuvres talismaniques par-delà les éventails des bruines comme des marais glauques,
Où s'enferment les rictus comme les nausées de l'incapacité notoire déversant ses eaux mauvaises à voir.

« D'énergies les gravités qui s'efforcent les unes les autres, les unes contre les autres, les unes avec les autres,
D'énergies dramatiques hourdant des ruines systémiques, aux fenaisons livresques et barbares dont les tonalités,
Ivres de furies, volent de sites en sites pour armer la malléabilité et ses scories les plus ternes comme les plus nébuleuses. »

Toujours en lice par les compromis, les vicissitudes, les accaparements des trivialités qui fondent leur moisissure sur le néant,
Par le néant aux empyrées insanes concordant les limites de la nature, ces frontières du vide où s'assoupissent les règnes,
Se déterminent les plus opaques déviations qui ne doivent trouver en face d'elles que la rectitude morale et sublime.

« Afin de surseoir les événements de leurs provenances malsaines, les effondrements cataclysmiques de leur pensée naufragée,
Les égarements insipides et les élancements gravités de leur imperfection qui rode pour complaire ses argumentaires inouïs,
Toutes fosses communes où se meurt l'éclat dans la dissonance, le putride, le venin des mansardes où se meuvent des phasmes. »

Augures sans prestiges de roitelets impavides joufflus et bestiaux se corrompant jusqu'à la lie afin de façonner la laideur,
Dans une congruité avare où ruissellent le flux et le reflux de l'aphone circonstance de l'irréalité et de ses permanences,
Cacophonie qui s'émet dans la gloire de l'instant passager, où la nuit profonde s'étend pour respirer ses nocturnes aisances.

« Divinations de mollusques apprivoisés aux rictus déformés levant ce qu'ils appellent leur visage vers les sphères inutiles,
Pour en saillir les denrées périssables, les écumes torves, dans des souffles mugissant de verbales sinécures épousées,
Où le Chant se fond dans l'amertume, devenant une litanie sans orée ni détour par ses rives devenues corrompues et oisives. »

Vibrant des possessions les plus ultimes comme des compassions les plus intimes, pour efforcer les mondes à leurs degrés,
Aux pustules engendrées magnifiant leur portée, cette portée de la lie qui ne connaît que son aventure sans lieu,
Sans temporalité, sinon celle de la pluie qui cherche, en vain, sans concours, à laver ses affronts et ses bassesses.

« Naufrage s'il en fut dans les sillons des comètes où se mirent les ondines baignant de laves à profusion des rites alanguis,
Explorant dans la fusion et l'effusion les miroirs des Temples qui furent et ne reviendront sous les auspices de la léthargie,
Que la profondeur des sillons conserve comme vestige des routes en nombre à ne franchir ni partager. »

Car festins de larves dentellières, sans azur ni devins s'émondant de prouesses comme de volontés défaites,
Cernant l'infinitude de leur enchaînement comme de leur cachot où se désigne la suffisance propitiatoire,
Nid d'un guet qui ne se franchit que par la reconnaissance du mensonge de leurs lieux comme de leurs incarnations.

« Ce mensonge coutumier des songes sans vertus s'obligeant à la matérialisation la plus dénuée de sens et de vision,
Obérant la déité dans le sarcasme et la dérision de toute viduité de l'esprit comme de l'âme, dans une concrétion malsaine,
Dérivant ses obliques effluves dans le sordide et la liesse infinie de latitudes brisées s'ouvrant sur le vide et ses conséquences. »

Où se retrouvent les onces de la trahison, de la fortitude, de ces éléments vivipares s'octroyant des embellies sur un raccourci de mort,
Non la mort vivante, mais la mort élue par le paroxysme de l'indigence intellectuelle comme spirituelle,
Relevant de la fange la plus stérile comme du marais le plus infect où se roulent dans la vase les rescrits de sa fourberie.

« Limbe abstrait développant ses rapines, ses luxures, ses aberrations mentales, égrenant par-delà les fauves latitudes,
Sa barbare attitude reniant jusqu'au ferment de son existence pour se prouver un sort conjoint de toute fioriture qui s'y lit,
Abreuvant de détails ses monstruosités dont les épopées sont la ruine du vivant par tous ses mouroirs alités subjugués. »

Litières d'une terreur insolente aux vagues en afflux correspondant les mystères de la brume et de ses vents mauvais,
Terrassant la fidèle incarnation dans un ectoplasme aux surgeons délétères, enrobant de sangsues des ordres malhabiles,
Gruaux de toutes hérésies allant et venant dans un boitillement les parures de la folie et de ses entrailles malmenées.

« Où l'iris pleut, métalloïde, pour en taire les pénétrations stupides, les constellations insatiables, ces brouets désuets,
Dont les complaintes saillissent les immensités pour s'efforcer à être, à pulvériser, à enfanter et destituer, à régner et disloquer,
Stupides prestances au front commun de l'inintelligence brillant de ses feux les ivoires destitués des marnes à genoux. »

Aux clameurs indécentes produisant des inhalations morbides anémiant toute prestance comme toute noblesse dans l'oubli,
Dans des poussières abritant les lagunes du désarroi dont les histrions sont productions amères et empoisonnées,
Incubant le désespoir, la traîtrise, l'effervescence comme l'incandescence de tourbillons votifs menant au fleuve désemparé.

« Filin des algues séchées dont les bruissements écarlates et sauvages contemplent le désastre de leurs ruines,
De leurs prieurés anémiés, de leurs cendres maudites égarant le moindre passager, carcasse aux aigreurs adulées,
Par les vils serviteurs d'une foi dévoyée se satisfaisant de l'aven alors que la crête se dresse en deçà de leur essor ténébreux. »

Visitation de cernes et de doutes, de carnivores déliquescences aux orientations débiles remuant leurs vils ovipares,
Pour traquer toute forme comme toute raison afin de les rendre informes, malléables, et en contrôler les évidences concaténées,
Par les forges du silence, de l'acculturation impassible, de l'illettrisme formalisé, tous rouets d'une perméable situation.

« Là, ici, plus loin, que les voyageurs discernent avant d'en destiner le fruit à l'impassible nécessité ne se contentant d'aléas,
Mais bien au contraire sevrant la raison pour l'ordonner en lice du firmament et de ses densités exquises,
Au-delà de la voilure des lambris de leurs semences pourrissantes rongeant des sphères entrelacées et fugaces ignorant le vœu vivant. »

Parterre de titanesques guerres galactiques dont les écheveaux portent à la fiction des mondes, dans la gloire d'un présent,
Ceint des ramures de l'esprit conditionnant les fruits de la victoire par les ornementations fractales qui ne se dévient,
Mais se prennent et s'éprennent dans une ductibilité profonde dont le silence ne s'éternise ni ne se stabilise.

« Sinon que par le charisme de l'œuvre ensemencée qui arde de ses rayons les frugalités des espaces intersidéraux,
Jetant des mânes les scories pour en affronter les opiacés divins, les fantasques demeures et les fanatismes déflorés,
Toutes pitiés lamentables déversant leurs eaux noires à la face des soleils embrasés dont les lieux sont règne souverain. »

Injures molestées, déclarées ineptes et inaptes du vivant se formalisant et manifestant sa réalité face à la virtualité,
Confondant les miasmes jusqu'en leurs derniers degrés, leurs affabulations, leurs mensonges, leurs propagandes disséminées,
Telles des ratures de l'intelligence, se prosternant devant la nuée d'insectes vivipares qui pourfendent de leurs ailes l'espoir. »

« Le perdent dans des racines sans miel, pour une nourriture gréée de larves infectes dont les ciboires des ruines sont pleins,
Des chancres de la bestialité par excellence qui est le purin de toute viduité, qui doit être écarté pour que les fenaisons s'accomplissent,
Sans le moindre ménagement, par l'autorité qui sied au regard Impérial destinant le flambeau de la vie et de son améthyste sereine. »

Ainsi dans les astres les fruits composés qui s'agitent, se réverbèrent, se fluidifient, s'exhaussent puis disparaissent,
Dans des alizés colériques aux nombres incalculables, échos des erreurs de passés tragiques et déments,
Puisatiers de formes difformes s'accouplant à leurs propres descendances en croyant boire un nectar alors qu'ils n'en sont que nécrose.

« Pourceaux voraces tremblants et flageolants devant l'épée foudroyante contrariant leurs assauts de bêtes assoiffées,
De choses ridicules et rampantes tels Ouranos s'adonnant à l'éconduite de toute révélation afin de se façonner dans la boue,
Où la luxure de leur terme s'annonce devant l'homéostasie de l'inaltérable ne pouvant se trouver contrarier par leur horreur. »

Une horreur née de l'erreur composée, mantisse de gênes atrophiés et belliqueux, mantisse de rives infectes et soudoyées,
Dont le bestiaire se complaît dans le néant et qui dans le néant doit disparaître, irréversiblement et définitivement,
Tels les fétus de paille sous le vent, afin que les mondes assurent leur pérennité dans la paix et l'harmonie supérieure.

« Une antienne qui vient, laboure les terres gangrenées, un hymne qui se lève des nombres qui ne se circonviennent dans la lie,
Fête d'avant fête où se voient dans l'immensité les ruines de palais hier pompeux, ce jour déchus sous la poussière rougeoyante,
Des éclisses qui portent dans leurs pétales les roseraies épanouies d'une délivrance qui ne s'attend mais se prend. »

Mesure pour mesure dans l'impartial zénith dévisageant l'évolution et attisant tout ce qui ne lui convient pas,
Tout ce qui lui nuit, tout ce qui en se méprenant s'accroît et s'imagine le terreau alors que ce n'en est que l'ivraie inconsistante,
Liquide trouble de l'insolence devant disparaître à jamais pour que la Vie puisse enfin jaillir son épopée majestueuse et signifiante.

« Sylve des souffles agiles pourfendant les dérives oublieuses, les esprits sans concrétions, l'absence même de l'âme,
Dans leurs flots décharnés où sont alcôves les racines des maux les plus effrayants comme les plus mobiles,
Tendant par l'abnégation aux rouages de forteresses enchevêtrées couvertes de lichens et de mousses aux senteurs répugnantes. »

Où l'oisiveté est maîtresse, la pure déesse dont les écrins se perdent dans les désinences acceptant leur déclin,
Là, ici, plus loin, aux frontières de ce vide perméable permettant d'en déceler les ruts, les isoler afin de mieux les destituer,
Dans une prononciation ne se rassasiant d'affiner mais de détailler leurs sources afin de les dérober à leurs fardeaux.

« Combat de lourdes promesses et de sentences apprivoisées dont les fastes sont de rubis, où de brûlantes dénominations,
Engendrent dans le flamboiement le crépitement des goémons dévoyés dans de grandes ritournelles comme de hautes prières,
S'élevant par-delà les précipices et les fosses communes et orgiaques où se replient, néfastes, les surgeons impotents. »

Écumes écimées des ors somptueux, se lavant dans les fioritures extrêmes, les bassesses tragiques aux permanences douteuses,
Contemplant leurs avoirs dans de noctambules dérisions où des torches pleuvent des sèves cendrées et perverses,
Liquoreuses du limon et de ses enfantements, dans de grotesques poses surfaites attrayant la parure de leur fresque risible.

« Mémoire des antiques vertus dissipées par les méandres inouïs de l'inconscience gravitée se croyant maîtresse souveraine,
Larvant toute féodalité dans les semis d'une moisson mauvaise où s'ourdissent des choses à foison méditant leur sort,
Dont les ères ruissellent les scories intimes, les emphases grotesques et les caractéristiques aux venelles atrophiées. »

Dont l'irisation malsaine est sort de la consanguinité la plus graveleuse, la plus sourde comme la plus abjecte par les royaumes,
Hissant des ectoplasmes sans nom, sans nombre, sans éclat, comme miroir des limbes, se jetant à profusion dans l'adversité,
Pour croire encore leur venin la vêture des caprices d'un été et le firmament dont les sonnets se dissipent sous l'éclair.

« Sous l'ode aux prémisses magnifiques, éthérée dans la nue de l'aube et de ses serments, battue par les ouragans dantesques,
Dans la confluence temporelle en cet instant déchue de sa majesté, de sa probité, de son honneur, de sa gloire rayonnante,
Pour ne laisser paraître que les stériles vœux de l'insatisfaction morbide qui ourdie de place en place ses voix tribales. »

Dérision des styles comme des arts les plus précoces, se rendant à la nuée dans des atours de poussières acclamées,
Dans ce clinquant des armatures secrètes qui tiennent debout des êtres sans lendemains, vieillis de leurs démesures,
Consternants à souhaits de leurs démarches égarées délivrant des augures de faméliques avancées sans mérites. »

« Troubles constats dont la vision ne s'émeut, l'équilibre se devant par-devers leurs latitudes éblouies par les paillettes insupportables,
De verroteries n'ayant pour coutume que la possession et ses verbes douloureux enfantant l'esclavage et la haine,
Forces conjointes luttant contre le ressac de la Voie pour s'égarer à jamais dans des litanies perçues par les voyageurs hardis. »

Levier de la concaténation échéant la stature des principes de la victoire face aux tentatives déloyales de l'arbitraire,
Délaissant leurs vagues amères pour irradier la perception des forces naviguées et les instaurer dans l'ardeur du dépassement,
Et des jouvences incertaines, et des caducées sans portées, et des joies sans avenir dont les larmes sont austères.

« Martelant le fer sur l'enclume du devenir, initiant la tempérance mais aussi la fermeté implacable permettant de libérer l'essence,
La vertu propice et novatrice par les fleuves arborés, les prairies fanées, les mers et les océans aux entropies modélisées,
Par l'éventail des sphères broyées par l'inconsistance, l'avortement et ses rimes effeuillées aux égarements primitifs. »

Dessein unifiant la volition des ordonnances se mouvant dans la fluidité après que de s'être enlisée dans le marais impassible,
Surface de l'ombre et de ses divinations messagères accouplées à la mort matérielle et ses langueurs pétrifiées et sordides,
Dont les fioritures sont immondes par les mondes éclairés, rejetées dans les fosses incarnées par leur trivialité exaltée.

« Densité dans laquelle se meuvent les Aigles pour assigner la renaissance par-delà les perversités fauves acquises,
Agençant les racines pour mieux les reconstruire au firmament de l'Unité novatrice, épousant leurs sillons et leurs confluents,
Dans une vitalité sans confusion marbrant des lys les roseraies passionnées où la Foi ne s'ébruite ni ne se contemple. »

Mais se vit dans la pluralité exonde des perfections qui bâtissent, œuvrent, marchent dans l'union de la contemplation,
Et de l'Action, libérant les houles de l'éloquence parfaite ruisselant ses adages par toutes fêtes des âges olympiens,
Dont les facettes du quartz réfléchissent l'intensité du partage comme du don, dans une célérité nouvelle à voir et essaimer.

« Dérision des sens révolus se lovant dans l'indéfinitude et ses marques à propos dont les clameurs sont moisissures,
Contraintes et arguées par des pouvoirs sans écho se lamentant sur leur propre dérive en la voulant continue et avide,
Matière d'un épuisement naturel accentuant leur disparition par la compréhension de leur terme comme de leur idolâtre compassion. »

Ferment des cils en éclats relevant le défi de leur disparition dans ce néant arboré et flatté recevant leurs mémoires ataviques,
Pour les façonner dans la sacralisation de leur vœu, et en obérer définitivement, par l'injonction unitaire, les corrélations hâtives,
Les attraits comme les soupirs d'un bestiaire dont les forces se focalisent sur le sursis d'une nuit au lieu de la splendeur de l'aurore.

« Cette apparition sous le vent, advenant le frisson des houles messagères où se tiennent les nefs cristallines et lumineuses,
Vertus des équipages dont les florilèges déclament non des promesses mais des actes courageux et fiers estompant le fiel,
Pour édifier et ériger encore par-delà les exhalaisons sans luminosité, les essaims sans partage, les demeures sans descendance. »

Bâtir dans la raison la saison qui ne s'offre mais se prend dans la lumière parfaite de l'incarnat qui ne se dérobe,
Ni devant l'adversité, ni devant les ténèbres, car toujours Princière de son aubade, par l'Empire au rayonnement fluvial,
Porteur de toute forge par toute dimension, fut-elle aux confins de ces univers par lesquels se déploient ses cohortes magnifiées.

IV

Aux nefs bâtisseuses

Prélude de mondes au cycle de la vertu majeure
Dont les œuvres sont de vastes orées aux senteurs
Diurnes et épicées de sèves anachorètes et fières,
Où s'en viennent des talismans par les éthers
Les plus considérables comme les plus novateurs,
Construisant du vide la parure aux pures senteurs
De l'accomplissement et de son dessein d'aventure,
Où les fruits vifs et insondables sont de la nature
Les embellies comme les prouesses de noble vêture.

« Ainsi des cycles et des cycles les vertus de
l'aboutissement où s'ennoblissent les parfums des
roseraies ardentes,
Signe des fécondités astrales aux puissances
infinitésimales conditionnant l'essor comme le
déclin des alcôves,
Dans un charme prononcé dont les bruissements
vont de lyres en lyres constituer la symphonie
éternelle de toute vacation. »

De toute viduité comme de toute concrétisation
dans l'émanation de la Voie suivie, encouragée,
édifiée et sublimée,
Où se tiennent les feux antiques comme les feux à
venir issus de la témérité, de la splendeur comme de
la beauté,
Délaissant à la trame des ondes les flux négatifs et
leurs cendres colorées de mille et mille parchemins
qui embaument la poussière.

« Termes de l'iris aux papillotements des gravités
conflictuelles, effacées par les dramaturgies
officiantes et correspondantes,
Alliant ce qui est en bas à ce qui est en haut, dans
une visitation dont les éclosions transcendent la
perspicacité des règnes,
Les dissipant des nuageuses perceptions pour les
finaliser dans l'expression de la plénitude et de ses
écrins souverains. »

Téguments des époques divines, des routes habiles
et suivies, où les prieurés démarquent d'adjacentes
consécrations,
De la Vie en la Vie pour la Vie dans des tonalités
embrasant le sérail à toute conformité de la
nécessité et de ses incarnats,
Dévoilant dans la brume le marbre solaire
ouvrageant les plus beaux temples de plus belles
arches coralliennes.

« Dont les fresques parlent dans les nefs glorieuses
appariant la densité et ses flamboyances comme ses
étincellements sacrés,
Où se réunissent Sages, Mages et Guerriers pour
entreprendre au-delà de toute démesure les
nuptialités ovationnées,
Conjuguées et éthérées, abritant les forges d'un
désir sérié dont les latitudes confondent les sphères
armoriées et adulées. »

Dans une haute vague inondant les portées des
sylves amazones où se baignent les villes de béryl et
de pourpre,
Les anémones à l'hymne dithyrambe par les lacs de
fougères où nichent les pluviales arborescences d'un
éventail de couleurs,
Sans sursis de la foudre comme des marnes
scintillant les offrandes d'une certitude dont les
agrès sont routes du Verbe natif.

« Élémentant les gémissements pour les diriger vers
la paix supérieure que rien ne peut faire tressaillir
ni même se révéler,
Afin d'attraire de la connaissance les fucus qui ne
sont des précipices mais bien des lieux dont les
tremplins fondent les mondes,
Dans une unicité parfaite où s'envolent les Aigles
Impériaux pour en densifier les exaltants sevrages
et partages azuréens. »

Glorifiant le message de la survie et de ses horizons limpides par-delà les métalloïdes disgracieux des ressacs lagunaires,

Décimant les entêtements sans profondeur pour fondre dans la joie ce qui hier était mélopée de la fourberie et de ses caprices,

Instinct primaire regardé dans ce préau comme absent, la ciselure de ses ramures le portant vers l'aboutissement de sa parure.

« Axant la volonté là où ne se trouvait que saison morte et sans adage, fenaison sans levain délaissée par les veilleurs,

Par les sens conjuguant le réel et ses formalisations les plus vives hissant les cités au pinacle de leur rayonnement distinct,

Affinant leurs structures universelles pour les voir dans la complémentaire nécessité s'accomplir et se régénérer. »

Prisme novateur des cieux enivrés et conjoints délibérant des strates les admissions sérieuses et incontestables,
De mondes en écho, sans parade dans la nuit et ses dantesques affirmations d'étoiles sombres et austères,
Toutes Voies divinisant l'altérité pour principe de cognition et demeure sacrale dont les voûtes sont fières désinences.

« Lambrissées de doctrines et de morphèmes dont les clameurs délient des chaînes ovipares et de leurs onguents corrosifs,
Les sylves en leurs étonnants royaumes disparaissant la cendre pour s'armorier dans la pluviosité de la lumière,
Haute opération des magiciens habiles transcendant les parfums d'écumes pour en raisonner les cils et les regards sans absence. »

Aux terres enfantées, propulsés par le chœur messager des fêtes sous le vent, des dunes épicées, des souffles embrasés,
Constellant les vignes vierges de la nue au sourire des adamantes perceptions votives et claires ignées de l'aube,
De ses frissons majeurs, de ses houles parfumées, dont, fraîche haleine, s'éclot le rite dans ses considérations telluriques.

« Dessein des hymnes aux figurations étranges, enlacées et clamées par les routes de l'onde nouvelle à voir,
Essaimer et grandir aux nuptialités douces et tendres enserrant dans leurs lieux les prémisses de l'onde assurée,
Brisant les silences, les sarcasmes, les non dits, ces lieux d'oubli aux phantasmes libellés de règnes sans lendemain. »

Noble vague et noble sillon aux laves torrides consumant les rêves pour les œuvrer dans la réalité qui ne se fourvoie,
Ne s'admoneste, ne se destitue, toutes voix couronnant ses principes par les algues amantes aux fronts lourds,
Annonçant les prestigieuses éloquences de la vivacité, de la pureté, de la densité, tout en émoi de symphonies puisatières.

« Éclisses des germes qui ne se fanent dans le rubis des âges mais se perpétuent dans la finalité exonde de la préhension,
Celle voyant de blondeur safranée les émulsions divines marbrer de sentences éclairées les divins sourires de la voie,
Constituant les auspices de la perfection et de ses ambres dans une fidélité incarnée désignant la portée des embellies et de leurs romances. »

Promesse par les orées les plus denses, là où les arbres millénaires ne chutent sur les moissons de lierres et de mousses,
Mais bien au contraire se nettoient de leur candeur pour en resplendir par-delà leur vêture la fraîcheur sereine et exquise,
Lave de la pluie des offrandes, des sèves exaltées aux parcours visités levant de fière oriflamme les hymnes vivants.

« Où se considèrent les oiseaux lyres, leurs enchantements, leurs coloris aux chatoiements distincts et sûrs,
Enclins à la pérenne devise de la fructification des semences éveillées, là, ici, plus loin, dans une fertilité joyeuse,
Clamant et acclamant en lice les nénuphars de la hardiesse, les privilèges du discernement et la splendeur d'une foi. »

Magnificence des travaux éployés délibérant des stances les monades permettant aux Univers de se dresser inaltérables,
Inépuisables devant les contrariétés aux vestiges prononcés qui ne sont que sources sans écrins devant la prononciation,
Et de leurs cœurs palpitants la raison, et de leur être magnifiant l'imaginal, dans une concrétion plénière et souveraine.

« Plénitude du déploiement aux cristallisations affines relevant les énergies à peine nées pour les conduire vers l'Olympe,
Dans le frisson des jours merveilleux où en lices se tressent les rubis pour colorer l'immensité du zéphyr et de ses portiques d'or,
Où chantent des rocailles les flots émondés des rus en course du levant affinant leur détermination dans une ode claire. »

Miroir fécond des rives de ces temporalités exondes où se manifestent les tendres épanchements des lyres et des harpes,
Sous la tonalité des arbrisseaux en fleurs vagabondes dont les essaims perlent des ramures de songes vivifiants,
Élaborant des fresques heureuses à naître sous les soleils dont la pluie invente les prouesses et les renommées.

« Tandis qu'au sein de la clarté se révèle l'empyrée, ses ruches et ses fards, ses transes et ses éclairs spontanés,
Délivrant des humeurs anciennes pour naître le sourire sans inquiétude d'une vêture présente et assumée de l'onde,
Livrant ses pétales et sépales dans des ornementations boréales où les sens culminent leurs parousies signifiantes. »

Offrande en majesté des carragheens, phosphorescent les dunes de la pure éloquence marbrée des lisses ovations sublimes,

Attisant des féeries les nuées de douves amazones dont les aspirations incarnent la visitation suprême de l'horizon fastueux,

Où se dressent les limons de la prégnation des mondes à venir, délaissant de surannées volitions pour une définition transcendée.

« Fière éveillée des talismans aux épures cendrées, délivrant des opaques inquiétudes pour animer les apogées engendrés,

De festifs honneurs dont les passementeries désignent les corolles de l'ardeur et dont les tendres enlacements,

Concordent la destinée dans tout ce qu'elle fertilise de renouveau par les plaines, les cimes comme les abîmes. »

Autorité du Verbe forgeant des maelstroms les ouragans nimbés de la voix portée hâlant des anses acclimatées,

Les coïncidences subtiles dont les mânes sont écloses par les mille et mille grimoires où se tiennent les ramures,

Et du temps comme de l'espace, et du lied comme de l'hymne dont les feux sont granits vespéraux et scintillants.

« Flamboyant des rimes les promesses, des actes les répons, et des innocences elles-mêmes les essaims de la joie parfumée,

Dont les regards exaltent les royaumes conquérants où se lient, sans amertume, les rêves pour œuvrer sans féodalité,

Les pétillements initiés aux parterres inondés de conscience, dans un parcours floral dont l'humilité exalte l'aventure. »

Haute vague par les mers assignées par les vents fluides déployant leurs ailes de diadèmes aux forges de l'iris,
Délibérant des sorts les contraintes, les obligations, les acclimatations, mais aussi les vertiges princiers où les cœurs,
Palpitent et la raison et l'ordonnance sous les embruns de la vitale harmonie qui féconde le devenir et ses sentences.

« Où la voile s'envole dans un ciel sans nuage, dans une perfection ondine, majeure, délaissant les importunes langueurs,
Pour conduire vers les Îles sans regrets, aux terres d'encens sans mélancolie, dans le bruissement des eaux souveraines,
Martelant les flancs des nefs ivoirines pour les transporter vers leur cathédrale de camaïeu aux armoiries unitaires. »

Livrée de la perfection des rimes qui témoignent dans la profusion de ces instants coralliens aux reflets opalins,
Dont la stature précise l'orientation, la fulgurance, et l'état de perception acquise permettant la réalisation de l'ode,
Couronnée, précise, ordonnée, assignant la moisson des œuvres et de leur impériale densité manœuvrant en secret.

« Là, dans cette infinie magnitude dont les arcanes sont de prêtrises les conjonctions de pensées superbes et altières,
Corroborant des parcours les fenaisons nécessaires, les erreurs comme les novations permettant à l'essentiel destin,
De se manifester dans une éclosion suprême où se tiennent en cénacles les épures du Vivant dans leur allégresse. »

Mâtures des mondes en éclat, vivifiant les règnes et leurs semis loin des protocoles éblouis, des vertiges engendrés,
De ces rets que la force raisonne dans les armatures de sa pérenne demeure où ne se congratule l'ignorance,
Ses chevets, ses porteurs d'enseignes, ses reîtres désordonnés et disgracieux, son aréopage de clinquant médian.

« Toutes forces sans avenir se délibérant dans les fosses de l'oubli où se marginalise l'efficience comme la grandeur,
Supports contraints des phases sans renommées dont les cernes établissent des périodes dissolues et compromises,
Toujours réduites à la poussière par la nécessité qui veille, imperturbablement, sur l'accession à la Voie et ses augures. »

Ainsi dans les méandres qui sinuent l'imperfection, l'écrin de lumière qui brille indéfiniment pour porter aux lagunes,
Les escadres de l'agencement vivant qui ne se mobilise pour l'anomie mais pour l'accomplissement circonstancié,
Comprenant des isthmes les remparts et les citadelles à prendre pour en défaire les scories et les moires aisances.

« Fondation s'il en fut de plus noble sous le sceptre des étoiles multipliées où les arceaux de la gloire ne se contemplent,
Mais agissent avec intrépidité, constance, et détermination, pour opérer les conditions magistrales de l'épanouissement,
Dans des orientations qui prennent le sens du réel et le déploie non vers l'espérance mais vers l'action salvatrice. »

Initiation de l'orbe à son salut par les distinctes compréhensions des sorts qui s'agglutinent, se déterminent,
Dans le silence ou bien la pluie de l'Éden, toujours se prédisposent à la conquête de ce qui fut oublié par les statismes nauséeux,
Par ces mystères tragiques où se ploient et se déploient les persévérances de la méconnaissance et ses troubles.

« Feux des larmes de la nuit où le vide parade, où la sentence profane se décrit et se développe pour agencer les ruines,

Et de la Vie et de ses orientations, et de la Voie et de ses latitudes, toutes ondes nécrosant le cil de la pure divinité,

Pour exclure sa portée et son ensemencement magistral qui, malgré leur errance, distinctes, se prononcent et ne s'excluent. »

Ouvrant les portiques diamantaires de l'alcôve frissonnant de ses fragrances la pérenne définition des lendemains à naître,

Correspondant dans des combats signifiants l'altière parturition des univers et leur exaltante consécration impérieuse,

Dont les énergies résurgentes provoquent les séismes invitant à la préoccupation majeure de l'évolution et de ses degrés.

« Considération des signes effeuillés délaissant la trame pour s'évertuer aux glorieuses ascensions qui ne se méprennent,
S'enhardissent et dans la Voie supérieure témoignent de l'aristocrate révélation dont les envergures,
Initient au-delà des sortilèges le sens du vécu, et de son ordonnance, et de sa gravure par les félicités des marches azuréennes. »

Libérant des intrusions impromptues, des veilles considérables et bien entendu accueillant des réflexions dont les présences,
Par les incarnats, enseignent la jouvence, son étroite devise, sa formidable prédestination aux verbes distillés,
Ancrés dans cette réalité qui ne se fourvoie, ne s'absente, mais toujours étonne par ses pulsions gravifiques et ordonnées.

« Tutélaires des enseignements gravis, des forges frappant l'Épée sacrale étincelant de la luminosité des empyrées,
De leur bravoure par les constellations ne s'abritant derrière le fardeau de l'irresponsabilité et de ses monacales absences,
Car toujours portant par les fluviales arborescences la Nef de corail déployant ses oriflammes sur toutes randonnées de saisons. »

Nanties des havres sereins où s'épanchent la fidélité et ses serments de haute comme de noble appartenance,
Singulière au visage défait, conforme au visage scintillant de la flamme légère poursuivant son but par les hymnes,
Corrélant l'indicible pour le naître sans frugalité à la densité de la gravure même de son dire pulsant la gravité et ses orbes.

« Naturant les auspices sans résistance prononçant leur vœu dans l'efflorescence des rives bâtisseuses des essaims glorieux,
Invitant non au passage mais à la splendeur vers les confluences et les affluences des sphères visitées et plénières,
Dont les assomptions sont réunies dans les architectonies de nefs aux chrysalides évanouissant l'incertitude. »

Or des sites les plus probants galvanisant le sérail des vertus et l'aménagement de la pérennité dans ses dévotions,
Ses hautes définitions, et ses sacrales devises, rayonnant par les Univers les firmaments exhaustifs et supérieurs,
Délimitant les sorts par des parades naturelles œuvrant à la légitimité et ses accents de majestés avérés.

« Évanescence des flots mus par l'austérité pour les enivrer de l'altérité nécessaire à la mise en forme de l'écume intransigeante,
Concordant les liens indéfectibles entre toutes présences comme toutes destinées de l'ambre au fruit de la lucidité,
Infinie dans ses rimes, ses accords, ses desseins, sans la moindre ambiguïté dressant son fanion de grâce par toutes routes ouvertes. »

Ici et là, dans les entrelacs de la félicité diurne et nocturne apprivoisant le sein de l'unité et de ses engagements,

Les uns les autres, sans égarement, manifestant le seuil de la détermination d'être en deçà des illégitimes coordonnées,

Afin de veiller l'évolutive demeure se dirigeant vers la catharsis individuée comme générée menant le réel à son équilibre.

« Couronnement des âges par le poème dont les fresques parlent des idiomes aux apparences abstraites,

Préfigurant la dénomination de la réalisation nécessaire pour hisser la Vie à son pinacle par les mondes fertilisés,

Manœuvrant, habile, délaissant les marais stériles, afin de magnifier l'existence dans tout ce qu'elle a de native excellence. »

Promesse de l'aube par les flots des Océans fertiles devisant les flottes souveraines arguant dans l'humilité,
La parure de l'astre et de sa fécondité, la noblesse de l'élan et son intrépidité, la candeur de l'innocence et ses vertus vécues,
Toutes forces hissant ce qui fut la poussière vers la génération de la forme éthérée témoignant la plénitude et ses gravures.

« Danse des fruits d'hiver aux marques des saisons dont les éclosions sont marbres de l'éloquence et de sa divinité,
Aux orbes précieux où les carènes étonnent le passant s'évertuant de dolines vers les dômes pour reconnaître l'éclat,
Et de la mûre transcendance accomplissant le destin et ses exactes corrélations par les chemins menant vers l'Absolu. »

Toutes voies enseignes devant la promptitude des assauts de la virtualité, se tenant à l'abri de ses fausses acclimatations,
Afin d'en taire les chagrins, les racines et les étourderies fâcheuses où se mirent les varechs du désespoir,
Les prestiges sans navigation, toutes ces dérives de l'intelligence s'efforçant à être dans la puisatière consomption.

« Natives efflorescences, écrues devant l'ardeur composée tarissant les effluves et les senteurs sans opératoires formalités,
Allégeant leurs spasmes dans la mesure de l'éblouissement constellant leurs demeures et leurs opacités,
Afin d'en attraire la responsable harmonie sillonnant de ses galops les forteresses annoncées, présentes sous les cieux rescapés. »

Ainsi aux mantisses de la parousie des foyers dont l'âtre est répons des calcites désinences de la pluie d'ivoire,
De l'empyrée solaire les frissons diurnes développant les mystères et leurs armatures modales,
Pour en défaire les rythmes et les rites propitiatoires aux clameurs mesurées développant leurs ordonnances gravitées.

« Conjonction des moissons de l'œuvre à assumer et non seulement contempler dans les niches des sources tribales,
S'élançant vers les horizons limpides où se tiennent les fleuves joyeux parcourus par les nefs de la beauté élémentaire,
Statuant l'infini et ses raisons dans des ornementations qui ne se déciment mais s'ouvrent à la densité exonde. »

Où les vents se déchaînent dans des allégories somptueuses pour nettoyer les terres partagées des reîtres domptés,
De ces cohortes dont les ajours sont fractales mensurations de leurs ciselures sans racines ni même génération,
Destituées par les zéphyrs puissants ordonnant la clarté là où ne vivaient que la nuit et ses masques tragiques et fauves.

« Ferments de lapidaires ovations éberluées et dantesques caressant l'espoir de se voir fer de lance des passants,
Alors qu'ils n'en sont que les grains impavides de la déroute funèbre que nul n'enchante en ses pluralités mystiques,
Pauvres errements des lascives coordinations bruissant de mille flammes leurs faméliques prostrations belliqueuses. »

Régi par le dénouement des combats les voyant dans l'éther décimées pour les faire naître à l'initiative pure et stellaire,
Engageant leurs forces non plus dans l'abnégation aux sentiers tortueux et sombres, mais dans la lumière hâlant les oasis,
Leurs portées, leurs étincellements, leurs majestés, dans une joie nouvelle à voir intimant les cycles à leur renaissance.

« Libre déploiement aux fronts des romances en demeures, dans les lisses perfections des âmes éblouies,
Par le cristal de la fenaison des ors délivrant de somptueuses affirmations comme de vives congratulations,
Des preux dissipant les sorts adverses et leurs remparts nocturnes et anémiés fondant les cernes de l'abîme. »

Où se rencontrent les fresques extrêmes des incarnations cherchant leurs lieux par les sources et leurs fondations,
Crispant leurs regards de termites dans des atours dont les ramures sont opiacées de ramifications tumultueuses,
Marbrées des souffles dont l'infidélité confère à la saturation des vœux comme à la destitution de leurs conjectures enivrées. »

« Où se rendent la perfection et l'innocence pour en broyer les devises intempérantes, les fracas sans répons,
Dans une congruité parfaire délimitant des sphères les aspirations à la naissance et celles confluant vers la mortification,
Et non seulement la mortification mais la disparition dans une prison dont elles sont nées, le néant augural. »

Témoignant aux frontières fluides de ses accessions, de ses firmaments et de ses danses ataviques flouant les paysages diurnes,
Les épousant pour mieux les contrôler dans de miasmatiques enchaînements aux contraintes forcées et insatiables,
Accablant toute florale citadelle pour l'engluer dans une cacophonie dont les racines interfèrent les assemblées amères.

« Ouvrant des portiques de nuées délétères, des caprices d'un jour comme d'une nuit sans référence portuaire,
Clamant la demi-mesure des épistolaires agencements permettant de maintenir une forme d'équilibre,
Dans ce brouet d'attitudes conjuguées accordant de l'importance à ce qui se révèle sans la moindre importance. »

Voie d'offertoire oublieux dont les cendres constellent les parvis ayant retrouvé leur lumière aux frondaisons,
Là, dans cette splendeur avivée dont les fonctions culminent la raison comme le sentiment, l'intelligence,
Comme la connaissance, et au-delà du savoir, de la pure expérience manifestant son autorité et les termes de ses inverses.

« Ces propriétés acquises sans lendemain marquant de leurs fêtes les aspirations de leurs membres aux lices infertiles,
Dont les moments paraissent calices alors qu'ils ne sont que devenir d'une détresse dont la volition s'accorde à la déraison,
À ces fastes ténébreux où les coloris s'anémient, où la volonté se dissout, où dans un éclair disparaît le monde couronné. »

Pour faire place au désert, saturé des éléments les plus divers comme les plus contrariés, que déjà les forces régénèrent,
Pour les développer dans le nectar non pas des coutumes ancestrales, mais dans l'action pure qui ne se surfait,
Ne se déjuge, ne se trompe, sinon que pour un accès limité servant de l'inexpérience à l'expérience continue et supérieure.

« Armoriant des limites le fil d'Ariane dont les prononciations ne s'établissent sans synchronisation particulière,
Née de l'ascension de ces marches ivoirines dont les tremplins sont sans masques devant les horizons limpides,
Gravis par les êtres multipliés, incarnés et unitaires défiant à jamais le dessein du destin pour en glorifier le firmament. »

Dans une majeure détermination dont les
résonances vibrent dans l'infini leur portée
messagère filiale,
Arborant des systèmes enclins à la pénétration des
ondes aux devises réverbérant les apogées d'une
efficiente vertu,
Composite des pouvoirs gréés, menant de pléiades
en constellations les rimes parfaites d'un Temple
altier.

« Aux conséquences déterminant de l'unité les
principes, les efflorescences comme les
phosphorescences invitées,
Sans larmes des soleils ni tristesse des jours
antiques, innovant la perception des racines à leur
miel couvé,
Jusqu'alors dans les silences et les menstrues des
rêveries dissociées entretenant les rouages de
labyrinthes exténués. »

Libérés des gréements et de leurs fantasques
anomies, déjà labourant les sols d'une
compréhension majeure,
Hissant les phonèmes aux habilitations les plus
vastes par les floralies engendrées, de stipulations
novatrices,
Élégantes et superbes, par les semis des voies
illuminant les espérances d'une réalité implacable,
ouverte sur les mondes.

« Acclamée par le sourire des âges et par les
temporalités dépassant les seuils de l'inconscience
et de ses fardeaux,
Pour s'approcher de l'ultime embellie permettant
non seulement de naître mais de prospérer dans la
ferveur indivise,
Où se fermentent les tonalités puisatières des âtres
crépitant la régénérescence de toute harmonie
comme de toute illumination. »

Forge des alchimies votives aux orientations fertiles
avivant la renommée des cycles et des cycles
parcourus,
À vivre par les oasis comblées dont les lagunes sont
les germes aux senteurs vives et sucrées dont les
effluves sont aliments,
De grâce et de pérennité par les forces se dressant
vers les pinacles pour affiner les sillons et défaire
leurs remparts attisés.

« Levains des armoiries les plus vives hérissant les
castels les plus nobles dont les voix s'enfantent et
s'animent,
Pour, des abysses, réduire la permanence, des
cimes, croître la vénusté et labourer les terres en
friches de demeures nuptiales,
Afin que s'éclosent des limbes les félicités à voir
dans le rayonnement des cœurs et la parure des
corps somptueux. »

Où l'esprit veille, charme et éduque les frontispices
des mythologies menant vers la contemplation de la
divinité magnifiée,
Comprise et non idolâtrée, prouvant en ces semis
naguère en effroi, la simple émotion amenant vers la
spécificité,
Celle de l'incarnat qui ne se devise, mais se prend
avec raison et ressourcement de la raison elle-même
dans l'imaginal singulier.

« Exigence de l'Empire en sa mémoire et son secret essor, délivrant des fastes par-delà les brumes et leurs opalines rectitudes,
Pour anémier les peurs primales, les enfantements malléables, et les désinences sans fronts œuvrant aux lapidations,
Aux destitutions, à tous ces héroïsmes perdus à jamais pour des sons d'ivraie nourrissant la cacophonie des mondes perçus. »

Dessein dont les ambres ne pleuvent, les multitudes bâties ruisselant des eaux vives des frondaisons des terres astrales,
Leurs miroirs impétueux renvoyant leur image conquise naviguant de sphères en sphères l'inoubliable écrin,
De la Vie en ses floralies, ses prouesses et ses magnificences concertées azurant les étoiles de blondeurs étincelantes.

« Parturition des mondes, au ponant des existences lovées, révélant l'immortelle incandescence de la volition,
Ouvrant sur les plaines abyssales, les forêts ténébreuses, les précipices considérables, le lien franchissable,
Unissant l'exaltation forgeant l'élévation dans une symphonie perçue par l'éphémère comme l'éternel dans une joie passionnée. »

Irisant des portuaires dimensions les exquis entrelacements de la plénitude dont les vastes flamboyances,
D'iris, éveillées, formalisent les sentiers glorieux étreignant la consécration de la Vie par toute nécessité,
De l'immanence l'effleurement instruisant la transcendance signifiée révélant l'ordonnance éternelle et sereine.

« Haute vague par haute mer, par les frissons du zéphyr, par les formalisations soudaines des Temples à Midi,
Dont les saisonnières et contemplatives fumerolles dévoilent les secrets des forces telluriques et leurs amendements,
Correspondants de grâce orientant les finalités dans une exhaustive parure diamantaire aux orfèvreries puissantes et sages. »

Où se lave le limon de ses impures formalités, dans une vitalité insoupçonnée raisonnant toute stature conditionnée,
Pour l'élever à la princière définition de la lumineuse incantation ouvrant aux déshérités les formelles mesures,
Leur permettant d'aller au-delà des apparences, des trompeuses certitudes, et des ravines de l'essence où se perdent les justes.

« Dans une abstraction dont les fondements couvent la disparition, la cendre amère et ses ruptures d'avec la réalité formelle,
Celle qui n'attend les halètements frauduleux, les semences défaites, les sèves sans noblesse, les vagues sans adage,
Tous fronts des voix sans animation se prostrant dans les laves de l'infidèle dénomination de l'être à l'être souverain. »

Toutes forces se conjuguant par-delà les sonnets sans fluidités, les chants sans intrépidité, les hymnes sans répons,
Là où se tient le lieu comme la raison du lieu qui ne se préoccupe des silences comme des soupirs, mais toujours avance,
Imperturbable, vers les confins qui se dressent, s'anéantissent, se construisent, dans une lutte propice et victorieuse.

« Fondements des rives s'ouvrant sur les latitudes comme les longitudes propices à l'incarnation qui revêt le heaume de gloire,
Magnifiant le mystère des temps et la prescience des espaces, dans un floral accord dont les passementeries règnent,
Délivrant des réflexions l'exploit impérial annonçant la prestigieuse éloquence de la Vie par toutes formes engendrées. »

Par toutes formes conquérantes ne se contentant des lascives promesses, des promontoires sur le vide et ses enchaînements,
Mais, hâlant, vivifiant par-delà les gouffres les sources et les flots rayonnant l'emprise du destin sans failles,
Ce destin qui ne s'attend, ce destin qui est l'auspice du dessein dont les florilèges entonnent par les prieurés une ode assumée.

« Voyant des œuvres leurs nefs de saphir pourfendant les écumes pour se porter à la délivrance,
Comme à la conquête, à l'affermissement comme à l'évolutive cognition, dans des fresques épiques aux arts épousés,
Animant la houle à la préhension de toute formalisation, qu'elle soit physique, énergétique ou seulement messagère. »

V

De faste renommé

Préambule des actions novatrices et souveraines,
Le lieu comme le lien deviennent d'une pérenne
Beauté dont les cils concordent les armoiries
Fidèles et conquises, où se ressourcent les pluies
Dans une définition conjecturale ouvrant la nuit
Aux pures ovations, prières de vives embellies
Rectifiant les douves parasites et leurs organdis,
Afin de les mener vers le sérail en majesté de Vie
Dont les émules agissent les univers impériaux.

Mesure du développement par les sphères, témoignant des récursoires règlements amènes prônant l'élévation,
Voici les transes évertuées et les promesses du jour accumulées devisant le sort sans ingratitude dans des processus couronnés,
Où se tiennent dans les limites l'extrême perfectibilité et l'image de l'aristocrate détermination en Œuvre.

« Prémonition des cycles affinés par l'histoire et ses circonvolutions nimbées de fresques précises et contemplées,
Dont les viaducs décisifs obligent et marginalisent, dans une maïeutique les efforts transcendant la simple geste,
Pour la porter au rébus de l'initiatique destinée dans des phases circonscrites dont les allées tenues sont assomptions. »

Où les Univers se révèlent, se témoignent, se déterminent dans des flots ruisselant l'infiniment grand statuaire,
Comme l'infiniment petit généré, dans des conséquences où se rejoignent les forces unitaires gravitant le réel,
Assumant ses mansuétudes et ses contrariétés dans un essor dont les fanions flottent sous les exhalaisons solaires.

« Par les principes comme par l'autorité de ces principes statuant non plus des désirs mais des volitions conquérantes,
Initiant les préambules non d'une foi larvaire mais d'une foi édificatrice et sanctifiée élevant son visage vers la création,
À la reconnaissance du Créateur, inamovible, Éternel, comprenant ce tout qui est son origine et sa finalité exhaustive. »

Dont le Verbe inscrit les arc-en-ciels de splendeur par toutes faces tressées de son hymne comme de sa parure majestueuse,
Irisant les flots sans amertume ne se contraignant dans l'inutile paresse de l'écrin sans sillon s'assouplissant indéfiniment,
Dans les contraintes, les abysses et leurs lacunes ciselant des prostrations dont les ferments naissent la poussière de la raison.

« Conjonction déclinée, inclinée, lentement disparaissant sous les feux obliques de la densité présente signifiante,
Marquant de ses nefs les Îles par la mélodie pour de leurs écumes agencer les forteresses vivantes en leurs lieux vécus,
En ces surfaces, hier arides et consumées, ce jour éclairant de leurs phares la préciosité des termes de la nuit impavide. »

Fortifications de la pensée s'ouvrant sur les vastes horizons où retentissent les prières des suffrages en route vers leur seuil,
Non pour en connaître la forme mais demander de l'aide devant les précipices qui s'agglutinent par leurs marais fétides,
Leurs danses désœuvrées et leur labour sans coordination se déployant dans l'isolement et ses lourds fardeaux.

138

« Rives de ces mondes éclos cherchant leur demeure dans les limbes en ne voyant l'éclair tresser les cimes de leur allégorie,
De cette vive piété dont les formalisations ne demandent qu'à naître pour épuiser les racines en sommeil,
Les écrins sans suavités et les moribondes satisfactions nées de l'incompréhensible défaut de l'intelligence incarnée. »

Atavisme des forges cendrées dont les écrêtements sont pulsions alors qu'elles devraient être souffle sans naufrage,
Alluvion de la rime qui ne se récite ni ne se songe mais s'ébat dans leurs nuées les plus ténébreuses comme les plus sordides,
Dont l'aubade devise les menstrues, les ravines et les tempêtueuses éloquences, afin d'une force libre les anémier pour toujours.

« Préambule par les Univers de l'incarnation révélant toute caractéristique consolidant les écrins passants des surfaces ouvragées,
Innervant dans leurs adages les florilèges de la symphonique caractéristique des regards, à la plénitude ouvrant sur l'horizon leur énergie,
Multipliée à l'infini dans les ramures exaltantes des propriétés vivantes en voie de l'harmonie glorieuse et souveraine. »

Par les formalisations qui enseignent, les tempérances qui inclinent, les développements qui fulgurent,
Toutes démarches dans la prononciation du vœu d'élever la conscience et ses emblèmes splendides à l'honneur rayonnant,
Hâtant des vertiges les mémoires et des aspirations la conduite menant vers les arcanes gravés ineffablement pour l'éternité.

« Consécration des rites délaissant les mythes et leurs mystères opalins dont les cendres se rendent à la démultiplication des odes,
Pour en surgir du néant les éclats de lumière et les farandoles ivres de serments comme les baumes les plus exaltants,
Dans des passementeries hissées vers le salut, la portée de ce salut et l'empire de ses saisons d'aptitudes. »

140

Où s'en viennent de lisses firmaments les contes merveilleux des épopées ne se fanant sous les vents oublieux,
Ici, là, arguant des navigations célestes préparant de mystiques triomphes dont les phares brillent dans les nuits,
D'une luminosité essentielle, annonçant la pérennité et ses ouvrages diamantaires dont la raison est l'étreinte.

« Course par les voiles solidaires enfantant des rêveries et des songes les magnifiques vacations transcendées,
Opérant aux sphères grées les équipages d'une naissance dont les armes ciselées sont messagères de pluviosité,
Par les granits arborés, les terres austères, les forêts profondes, les déserts antiques, les voies comprises étayant leur sens. »

Non dans le délétère, non dans l'éphémère, mais dans ce lac précieux de la jouvence ne se laissant briser par l'éther,
Bien plus, constituant avec ses racines et ses demeures pour d'un nectar profiler les suavités légères et nacrées,
Dans des danses nouvelles aux fraîcheurs incarnées assistant la création dans tout ce qu'elle représente de sacrée et supérieure.

« Haute vague du frisson des âges comme des lieux, haute vague de vive haleine aux prononciations alimentant la sève,
Celle des générations ne se contentant d'attester leur olympe mais le propulsant sans dérive par toutes reconnaissances,
Et des lieds et des hymnes, par les prieurés et les cathédrales où s'enchante le Verbe dans sa conjugaison alchimique. »

Théurgique essence de la canalisation des actes comme de leurs sources aux flux de la destinée initiant les mondes,
Dans une catharsis satisfaisant à toute novation par les mille et mille écrins densifiés dont les étreintes sont empyrées,
Majestueuses conditions ourlant de leur frais propos les incandescences des vagues amazones qui ne se réfugient.

« Mais disposent, consacrent et avancent vers le dessein des algues sous la nue dont les écharpes solaires sont moissons,
Coutumes et déterminations aux prémisses couronnant les typologies arborées dont les fastes sont de renom,
Les éclosions, les marches canalisées, des ardues et contemplatives manifestations, les solsticiales entreprises émerveillées. »

Mesures de l'enrichissement énergétique dont les flots mènent vers les confins armoriés pour en dissiper les brumes,
Ces mélancolies de l'inconnu aux vêtures disgracieuses évertuées dans les plaintes aphones de mystiques louanges,
Anémiées et sensibles, portant dans leurs ramures le secret d'une résurgence dont les cohortes s'emparent.

« Afin de les résorber dans les silices de la pluviosité du nectar où se tient l'irisation féconde manœuvrant le regard,
Pour le destiner à l'offertoire qui ne consume, lentement éclaire le paysage puis d'un élan se propulse,
Magnifiant ses aboutissements dans des sylves sans troubles, par-delà les croyances anathèmes et leurs sens dérisoires. »

Ultime périple des émanations nées dont les essors s'en vont de fronts en fronts pour amener à chaque souffle la Lumière,
Cette innocente particule dressant ses houles dans le miroir des ondes afin d'en éblouir les sentences, et les correspondances,
Dans de vifs écrins aux étincellements glorieux dont l'affine perception entreprend les gravures afin d'en situer la sentence.

« Celle fructifiant en deçà du désir l'arborescence et ses laves fantastiques découlant des rythmes aux époques fortifiées,
Par les chemins de ronde, les guérites ouvragées, les fortifications habiles dont les sursauts respirent le lac vivifié,
De la jouvence et de ses signes dans une pulsion attendant des mondes la clarté et la résonance limpide et sûre. »

Immortelle façon de l'Art en leur bâti, voyant des escortes les voix multiples effacer l'outrage pour convenir le style,
Dans l'humilité parfaite joignant les surfaces de la paix somptueuse dont les incarnats brillent de talismans rescapés,
Vêtures des sillons et de leurs flamboyances, de leurs rus épanchés et salvateurs où l'antienne baigne ses calices.

« Dans la mansuétude d'un sort sans conflit relevant le granit pour de l'informe en naître la forme sacrale,
Ciselant les fresques de la Vie dans ses magnificences comme dans ses candeurs aux rires et sourires, allégés,
De la peine, des larmes, de ces rubis des cœurs qui se perdent alors qu'ils doivent toujours couronner une frontale vision. »

Sans masque dans la torpeur des jours archaïques, sans dérision dans la moiteur des aires traversées par les équipées novatrices,
Dont les oriflammes peignent sur les cieux de camaïeu d'adamantes tresses de florales et souveraines vertus,
Délaissant les dédales et les labyrinthes essaimés par l'ignorance et ses charges tutélaires gémissant leurs douleurs.

« Engendrées hier, démunies ce jour, sans destin devant la fulgurance embellissant l'hymne répercuté à l'infini supérieur,

Magistralement délivré dans le sursis des sphères afin d'en prospérer les talismaniques horizons solsticiaux,

Créant cette dignité savoureuse où le Soi l'emporte sur le Moi, où dans un parfum l'écume répond de l'Océan impétueux. »

Ainsi dans le Verbe et par le Verbe aux confluents des rives qui s'émerveillent et se tissent de moissons azurées,

Conjoignant les mystères des épiques densités dont les frondaisons baignent de sapience les réverbérations stellaires,

Dans des ovations comme des discernements ne s'éplorant mais, tout d'ardeur, composant par l'Éternité leurs ramures.

« Opuscules des âmes statuaires puisant des racines les échos des rondes essentielles couvant la perfection profonde des lys,
Aux armatures dispersées, réunies en leur lieu de couronnement inépuisable, conjuguant l'astre et ses périples,
Au-delà des mimétismes, dans ces féeries divines où l'extase ne se destitue au profit d'incarnations malhabiles ou oisives. »

Témoignant des liens dont les routes escarpent les fleuves indigos, les océans dithyrambes et les ouragans violents,
Décimant des réalités les moisissures diurnes et nocturnes dans une action salvatrice ordonnant des pluralités exondées,
Dans la noblesse d'un rite où s'effeuillent les revers et leurs essences aux diatribes cacophoniques enrayant toute avance ordonnée.

« Majesté du sort aux portuaires dimensions écloses, des attaches les ambres parfums soulevant les montagnes,
Éclairant les prairies, manœuvrant, habiles, les tourbillons des ondes sycomores aux proverbes conséquents et sûrs,
Délivrant de la pâmoison les exacts mobiles voyant de l'informe naître la forme en des épopées sublimes et ivoirines. »

De douves les secrets aux marches de grenat, dont les piédestaux consacrent l'enrichissement de la valeur précieuse,
De la lucidité aux rives ouatées de songes et de rêves, se mêlant au réel pour affirmer la prose soudaine et rapide,
De l'effervescence ne se noyant dans l'aven mais se portant vers les sommets aux couleurs solaires dont le zénith est conjonction.

« Vive démarche des coryphées martelant les lourds tambours de bronze pour annoncer leur fertile demeure agencée,
Développant dans de longs rubans les fresques historiques de leur nombre dans une géographie de signes d'émeraude,
Dont les cristallisations opèrent l'avenir dans sa précision comme dans son ennoblissement ne devant rien au hasard. »

Hâlant le Verbe, sa structure, ses prestiges, dans une éloquence diaphane aux sonorités exactes sans dualités féroces,
Désignant les labours certains, les raisons profondes, et les instigations nouvelles balayant les sursis temporels,
Pour d'une moisson accroître les portes de l'espace et de leurs étranges structures toujours mutant vers l'empyrée.

« Irisant des conquêtes les communions constellées imprimant dans le sacre des ferments les nefs de solsticiale beauté,
Statuant par-delà des précipices les clameurs enfantées aux navigations houleuses, triomphantes et mâtures,
De villes encensées aux royaumes incisifs portant sur leurs oriflammes les insignes précieux de la foi convoitée et sublime. »

Naissant la Vie et renaissant ses séjours puissants dans une solidarité où ne s'excluent ni la perception ni la perfection,
Afin d'engendrer dans le sérail de son accomplissement les multiples floralies d'existences magnifiées,
Aux présences devisées, aux éclairs compris développant leurs stances par toutes portées des prieurés ouverts sur le chant.

« Où s'en viennent les talismaniques dépêches des états et de leurs fugaces densités, sans auspices arbitraires,
Toutes Voies dans la Voie se présentant dans le regard ouvragé ne délaissant leurs rus afin de bâtir de leurs sédiments,
La prestigieuse citadelle où s'incarnent et l'imaginal et la raison dans une hardiesse sans soumission ni forfaiture. »

148

Livre de l'aube aux prémisses assurées désignant
des sphères embrasées le métal de l'or pluvieux et
de sa luminosité,
Transperçant les voûtes ombrées pour en resplendir
les divines essences, les concaténations fidèles et les
armoiries limpides,
Hautes vagues dans la prononciation des routes
achevées et de leurs mystères incarnés gouvernant
le sérail prononcé.

« Portée des goémons secourus et de leurs messages
aux mémoires lavées par le frisson des vents
portuaires et sereins,
Aux carènes désuètes comme aux persévérances
sans troubles du jour contant les épopées à naître
et transcender,
Par les demeures épithéliales et leurs longs cours
ruisselant d'eaux vives les parfums sans errances ni
trahisons. »

Levant de fiers essaims par les racines multicolores
engendrant dans leur complémentaire désinence le
vœu de l'aventure,
La hardiesse de ses désirs aux semis à peine nés
couvant les florales vertus des cycles qui ne
paressent mais ordonnent,
Loin des lamentations et des prières d'écumes, loin,
encore plus loin des bourrasques automnales au
firmament déçu.

« Dans une aristocrate détermination œuvrant la plénitude là où le sol paraît, là où les danses des étoiles culminent,
Dans la prêtrise de renom aux phares montrant les survies potentielles, les extases profondes, et les statures signifiantes,
Par-delà les boréales ouvertures assistant le déclin et ses cristaux sans lendemain qui marginalisent l'espoir conquérant. »

Latitudes convexes oubliées par la vision se dressant sur l'horizon pour affirmer la nuptialité de l'essor et sa prononciation,
Dans une ode dont les élans se perdent et se fondent dans l'immensité où, vol de l'Aigle, se tient l'immortelle incandescence,
De la Vie en ses confrontations souveraines que rien ne peut ternir, pas même l'abîme en attente de ses révélations.

« Car coordonnée des signes qui ne s'éprennent mais se prennent dans la multitude des oasis attendant leur naissance,
Aux souffles joyeux et conquis par la compréhension sans limite qui ne s'abrite ni ne se justifie mais persiste,
Par-delà les lagunes mauvaises à voir, les degrés sans opales et les fixités sans mobiles qui parasitent le levant des blondeurs ocrées. »

Enivrant les paysages mûrs aux passes de granit et de quartz dont les étincellements sont gravures contant l'innocence,
L'alacrité féconde renouvelant sans épuisement les espaces et leurs charges en contraintes, abondant la majesté du sort,
Lavant les fronts opiacés de leurs membrures acheminées, afin de les porter vers les faîtes de la Lumière éternelle.

« Vaste préau des regards lisant l'épanouissement et ses festifs enchantements par les forêts millénaires et les temples en recueillement,

Précisant les orientations et leurs félicités, leurs gloires avivées et leur sens majeurs délaissant les contingences,

Pour s'ouvrir à la perfection renouvelée des temporalités exondées, dessinant aux fresques leurs exigences suprêmes. »

Où de lisses avenues conjoignent les vivants mesurant l'essence et la substance de toutes formes élémentées,

De l'infiniment petit à l'infiniment grand, non pour porter un jugement, mais exalter les promesses de chaque génération,

Afin de fertiliser les lisières et leurs émois dans une pluralité dont les définitions sont magistères de toutes compositions fluviales.

« Promesse des stances par les vallons aux bastions magnifiés, épousant des orbes les magnitudes aux répons incarnés,
Qu'iris, le fleuve par ses rives, enfante de noblesse dans des armatures légères et marbrées dont les éclats sont prestances,
Vivifiant d'eaux pures les manifestations déclamant les heures surannées et leurs épervières mélancolies par les rythmes. »

Précieuses essences de ce qui fut et ne deviendra devant les adages prononcés situant de l'impermanence,
Et les déroutes, et les fugaces et votives instances ne trouvant place dans la réalité illustrant leur mémoire antique,
Accouplant des demeures natives de flux insidieux et lourds ne trouvant commune mesure dans le cœur de la raison nouvelle.

« Inscrite dans la flamboyance et ses manifestations dont les ondes prospèrent une déité conditionnant l'essor et ses florales jouvences,
Ses caducées et ses vertiges dont les atours enseignent des sylves les domaines profonds comme les ramures,
Eventails du frisson des algues aux mûrs déploiements ensemençant les élémentaires merveilles d'un sens ébloui. »

Devise des hymnes aux corrélations splendides dont les affinités inscrivent dans le firmament des joies divines,
Des allégresses conquises aux mélodies inventant des passages mystiques dans les connotations verbales magnifiées,
Où se retrouvent des îles de feu et des oiseaux triomphants cinglant leurs ailes vers l'horizon de leurs sources enviées.

« Conséquence des vagues à midi et des temples floraux dont les épures sont de granit fier les écharpes du quartz,
Les réverbérations des schistes alanguis aux haleurs déversant leurs rires par les thèmes de la gracieuse majesté,
Situant des navigations célestes les épousailles des sillons, et les constantes des sentes y trouvant nidation d'amour. »

Souffles encore dans la résurgence des théories vivantes accentuant leur dessein dans l'administration solaire,
De leurs rimes, de leurs prières, de leurs exondes passions, comme de leur réitération acceptant de naître l'écume,
Par-delà les florilèges et les versatiles interférences ne s'adonnant qu'à la dérision et ses empires saisonniers rebelles.

« Délaissée par la participation illustre des sourires pétillant les nébuleuses comme les impérieuses densités,
Sans masques devant les limpidités exaltantes manœuvrant des cils la perspicacité d'une initiative bénéfique,
Ourdissant en ses valeurs les témoignages assignant la valeur comme la capacité par tous lieux comme toutes volontés. »

Miroir des œuvres qui ne cessent de s'inventer, de perdurer, de révéler et par-delà les noctambules essences,
Créer pour fonder l'indissociable continuité, la vive évolution, dont les fleurons engendrent la coque des nefs à propos,
Là, ici, plus loin, dans des creusets fantastiques dont les échos sont présences de la splendeur conjuguée.

« Alimentée par leurs danses advenant les fondations mythiques se résorbant dans une construction native,
De toute définition les arborescences se dressant dans les nuées pour enseigner le devenir et ses routes sans oubli,
Délivrant cette permanence qui statut la définition de toute aventure consacrée ne se délaissant dans le vide saturé. »

Ouverture des fluviales considérations marbrant de lys les organisations conjointes survenant la pluviosité sacrale,
Dont le Verbe affine la conscience dans ses degrés les plus nobles comme les plus harmonieux, par-delà les silences ouvrés,
Les cacophonies stériles et les densités sans dénominations sinon celles de la désintégration et de ses faces.

« Tumultes dans l'horizon abreuvant de leurs informes prestances les aiguillons des monotones et affligeantes consécrations,
Avilissant toute viduité, la voyant dans leur état, morcelée à l'extrême, dans l'inconstance initiée par le mensonge,
La tromperie, le dol, l'outrance, l'invariable appariement de l'incapacité et de ses truismes corrélatifs. »

Des lagunes frontales s'exténuant dans des affirmations sans contenus, des bravades sans échos, des rires sans finalité,
Sinon ceux s'abreuvant de l'exhalaison désincarnée dont les modalités effeuillent des renommées sans consistance,
Des âmes égarées voltigeant dans des enseignements tronqués où s'ébruitent des murmures sans éblouissements.

« Drame de théurgie constellée frappant les racines pour en abstraire la pure réalité au profit de la virtualité inouïe,
Balayant de ses ors trompeurs les fruits d'un égarement, d'une votive allégeance à ce qui n'est pas mais se sacre,
Se perdure dans des prolongements mythiques où peine à se trouver l'élévation, tant de diatribes leurs heurts avivés. »

Insignes aux calices dont les frénésies s'encouragent dans la dissipation de toute florale devise comme de tout incarnat,
Pour ne laisser plus place qu'à un apprentissage inverse voyant dans ses rides s'installer, propice, l'esclavage ardu,
Consommé et bruyant de toutes ces tintinabuleries qui ne sont que pacotilles pour l'esprit irrigué par la ferveur native.

« Source se fidélisant dans la nue somptuaire pour ne pas apparaître devant le mimétisme inféodé qui parade et meuble,
Et l'instant et l'espace, dans des frises adverses aux injonctions perfides, alléguant leurs membrures dans des enlisements pompeux,
Rassurant les bututs vides de vie, se complaisant dans la sénescence, alcôve des lâches aux abandons scrupuleux. »

Cohortes de la nuit aux élans broyés délivrant par les forces de la raison les sentences d'une liturgie dont l'atavisme,
Est péroraison de la noctambule errance, de cette impavide prostration se cherchant des climats pour règne et saison,
Qui ne peuvent se tenir debout que par la divination de l'inutile, du caprice de l'immonde et de ses caprices.

« Vestales enfantées des fruits naguère obérées, dont les ciselures sont de l'Histoire les allégories fumeuses et dantesques,
Manœuvrant dans les lices la portée de jardins sans effluves, sinon à la senteur glauque de la turpitude naufragée et statuaire,
Irisant de ses nanifications les méandres où se perdent toutes notions de vitalité afin de laisser place au néant. »

Conviction de la prosternation comme de la soumission, de ces énigmes aux bellâtres actions par les empyrées,
Effaçant jusqu'aux coutumes pour se hisser dans la nocturne désinence régissant ses labiales ovations aux rayonnements distincts,
Clamant leur anathème comme leur bestialité, leur dérision comme leur notable désœuvrement, irradiant la mémoire des cycles.

« Préhistoire des âges diluviens, des fenaisons adventices et des moissons aux épices sans demeures ni joies,
Délaissant la portée des souffles pour s'enliser dans le vide et ses nodules spongieux et difformes reflétant l'irréel,
Nature même de l'échec et de ses menstrues glauques et sordides allaitant encore des feux séculaires perdurés. »

Fauve animation de l'incertitude broyant de ses échos les mondes atrophiés retrouvés dans la parure de ces confins,
Sans limites œuvrées dans la déperdition que le Royaume conquiert pour en saisir les natives essences,
Afin de tenter d'en hisser les quelques étincelles vers la gravité de l'évolutif agencement consumant la stérilité abreuvée.

« Des isthmes les parures, les écrêtements, les sursis, les folies ordinaires dont les enseignements sont tellurismes,
Devises sans saison se limitant aux accès de l'impénétrable et n'en concevant les termes, les roseraies ardentes,
Ces sépales de la pluviosité granitée dont les coordonnées saillissent l'immensité et ses reflets dans des vagues stellaires. »

Diamantaires des finalités exhaustives dont les arcanes révèlent la pure efflorescence, dans un jaillissement éclos,
Délivré, rendant surannés les étreintes barbares, leurs fêtes et leurs domestiques contemplations inassouvies et délétères,
Marbres de l'iris aux effeuillements grotesques dont les marasmes sont les lieux de sens atrophiés parlant sans raison.

« Condition d'une octogonale conjonction aux ramifications initiées malmenant son sort et ses écarts pourfendant les sphères inscrites,
Pour en réduire à la poussière les tentatives désespérées de vies oublieuses tentant de s'élancer vers le promontoire,
Ce tremplin qui attend la semence du rescrit afin de le conduire vers les sources habiles, les fleuves d'airain magnifiés. »

Où se tiennent la vertu et l'honneur, ces valeurs éternelles ne se souciant des dérives comme des abysses lointains,
Toujours fertilisant les univers de leurs élans gravités où se coordonnent les remparts pour s'ouvrir à la force,
Cette énergie roulant ses ondes dans des symphonies dont les résonances culminent les arcades de cathédrales splendides.

« Laves des aurifères limons ourlant de préaux mystiques les embrasements des énergies de la fortune des corps,
Dans et par l'élévation de l'énergie victorieuse sur les cours sans livrées, les paresses excusées, les désinences malsaines,
Toutes péroraisons des ataviques confluences dont les nécessaires disparitions enfantent le chiendent et ses aurores dévoyées. »

Où le répons s'inscrit dans une phrase mélodieuse,
assurant ses arrières par des citadelles
indestructibles,
Corrigeant les effets du néant de ce cœur sans lieu
et sans lien tenant par l'esprit les convoitises
amères et désordonnées,
Pour les attraire dans la poussière et ses écrins dont
les vents souverains éparpillent les chancres comme
les bubons maléfiques.

« Ainsi dans la vallée profonde où se niche la transe
révélée irradiant de ses volontaires vivacités les
passementeries,
Et des nues ocrées, et des océans fragiles et des
horizons lointains, afin que les escadres épuisent
ses nectars dissipés,
Enfin, viennent la sculpture de la viduité dans ses
moments de gravures dont la félicité emporte toute
notion vers la raison impérieuse. »

Mâture de la saison nouvelle aux limpides
stratifications développant leurs ordonnances dans
des signes parfaits,
Éclairant des vastes fronts les épures essentielles
qui, en tourbillons, annoncent la plénitude
reconquise et sublime,
Partagée dans la félicité des accords sereins, voyant
des êtres mus par l'altérité les exhaustives
appartenances composées.

« Préaux de vagues dessinant d'eaux claires et vives
les parfums d'une moiteur spontanée aux
orientations exquises,
Partageant sans rebelles dissociations les unitaires
temporalités s'évertuant dans la florale portée
salutaire,
Délaissant aux portiques sombres les anciennes
coutumes pour d'un flot natal épouser les sphères
éternelles. »

Clameurs et ovations de prieurés dont les nefs
cisèlent, hier litanies, les mélodies souveraines et
éclairées,
Hâlant des mystères les prononciations qui furent
ésotériques, dans ce moment de grâce infinie
tendant vers l'Absolu,
Pour en conter le sort, l'imprévisible consistance,
par la novation des termes, des verbes et des
stances impériales.

« Voyant sur les promontoires de la nue se dresser les phrases mélodieuses couronnant les alizés aux pénétrations attendues,
Délivrant dans une parturition scandée les atours de la pure harmonie aux blondeurs safranées et superbes,
Colorant de ses hymnes ce qui fut fugacité, et devient dans la pureté enfantement de la beauté en sa magnificence. »

Tandis que bruissent les merveilles pour de frises insolentes et grandioses épurer les cils en jouvence princière,
Éveiller dans le cœur au-delà de toute pusillanimité, les écrins d'une féerie consacrée où s'en vient l'aubade,
Ouatant des perfections ondines les sirènes d'une prospérité annonçant par les temporalités les diadèmes de l'espace.

« Dans une corrélation alchimique par les creusets enfantés et les navigations novatrices arborant le pavillon vivant,
Flottant sur les lagunes de l'infini, allant de-ci de-là par les amazones grandeurs et les statuaires conditions,
Les exaltations non plus d'un présage ni d'une espérance, mais bien d'une réalité ordonnant l'exhaustive majesté. »

Prémisses aux sylves épousées déflorant les mythes et les contes pour en cristalliser les sens et leurs enchantements,
Les inscrire dans la noblesse du sillon porteur déclinant des mille et mille flots les nefs honorées par la victoire assumée,
Magnifiant des Îles sous le vent les ramures opalines et les fresques agencées aux ondines mémoires transcendées.

« Couronnement des sèves appropriées ruisselant de phosphorescentes déclinaisons marchant vers l'éther et ses horizons limpides,

Dessinant par les chemins multicolores des racines lumineuses ourdissant leur devenir dans des écrins pluriels et nobles,

Assistant la régénération pour certains, et la génération pour d'autres, de toutes formes élancées par leur capacité. »

Développant des ornementations sans troubles, de fugaces déterminations mais aussi un rythme précieux ne s'enlisant,

Ni ne s'élisant dans la tourbe et ses austères afflictions, car portant en leur sein la gravure fidèle exposée et située,

Animant ses avancées dans des balbutiements, déjà se finalisant dans l'ascension et ses concrétisations supérieures.

VI

De l'élévation le rythme

Promesse templière aux ardeurs civilisatrices,
Déclinant des feux antiques les pures prémisses
De la destinée dont les souffles fulgurent la matrice
D'une organisation sans failles à l'élan granitique,
Instituant des ramures les densités fières novatrices
Exultant les principes de la plénitude mystique,
Délivrant les vêtures de leurs fructifiant abysses,
Afin de les naître aux purs arguments mystiques
Développant l'Unité au-delà de toutes matrices.

« Indivise manifestation de l'orbe aux mansuétudes primitives, vient l'antienne et ses corollaires aux décilles précis,
Entretenant les ramures exquises de la pénétration des ondes afin d'en axer les desseins dans une volonté sereine,
Délibérant des hautes fresques les initiations souveraines et méticuleuses concordant aux passages azurés. »

Il y a là le miroir des mondes dans leur certitude d'achèvement, de libération, par-delà les contraintes embrumées,
Les ersatz de culminations aux racines perverties et malsaines engendrant des apocalypses et des rayonnements torves,
De ces feux catalytiques exposant leurs cisèlements dans des draperies équivoques que les nefs rejettent par la navigation.

« La nature profonde déclinant les mantisses sans orientations, les gravures perfides et leurs timorés langages imprécis,
Labourant leurs stèles de ce vent de poussière dont les limbes sont favoris, aux aperceptions de pâleurs avides,
Sourdes et sans mystères dans leur actes comme dans leurs chevauchements altérés dont l'impuissance couronne le cœur. »

Transes oublieuses aux mânes sans repos priant des cercles concentriques des nuées les avatars et les écumes,
Dans des croyances addictives les menant vers le naufrage et son port disgracieux par les tempêtes de rives amères,
Coulant les barques de palissandre aux éventails de calices se voulant triomphe alors qu'ils ne sont que frénésies déclinées.

« Immatures conséquences des voies brisées dont les sources sont taries devant les flots conjugués sustentant les règnes,
De flots de jaspe aux épures vivifiantes et saines correspondant des âges comme des espaces les fruits sans abîme,
Relevant des formes les exactes ascensions permettant d'établir les fortifications habiles assurant l'avenir. »

Et des lieux et des coutumes, et des lois et des organisations s'évertuant à la plénitude unitaire de la vie conquérante,
En ses boisseaux grainetiers comme en ses irisations aux vertus mobiles ne se contentant de contempler,
Mais agissant afin d'advenir chaque parcelle des ensemencements à la réalisation de son étreinte comme de son écrin.

« Livre de fêtes et de joies, livre ouvert dont les pages ne s'effeuillent mais lentement portent les unes les autres dans un vol gracieux,
Vers la perception graduée offrant à la cognition son souffle comme sa gravure conséquente, sa divinité flamboyante,
Dans une transcendance accentuant la rencontre de toute immanence et rayonnant la parure des univers engendrés. »

Corrélative demeure des sens aux alluvions nourrissant les accomplissements par-delà les errances immobiles,
Ces statues de l'incarnat dont les crispations sont calvaires de cités englouties et de citadelles déchues par les chants,
Retrouvées gisantes dans les flots comme dans les terres étranges contemplant leur sérail sans vitalité s'enlisant.

« Rimes épousées des strates parlant de leur méconnaissance et de leur ignorance au levant des étoiles blondes,
Dont les majestueuses incarnations sont fidèles appropriations dressant de l'inexpérience l'expérience appropriée,
Marginalisant les sorts de ces opiacés dont les rêves furent et dont les autorités se turent pour disparaître dans le néant. »

Passants de pouvoirs à genoux, passants cristallisant leurs voix dans des termes assidus et désignés,
Livrant leurs parures aux miroirs des constellations pour qu'elles ne se méprennent sur leurs ferveurs consumées,
Qu'elles tiennent compte de leurs sortilèges et de leurs liturgies afin de ne se satisfaire d'en surseoir les termes.

« Mais bien au contraire qu'elles avancent par-delà leurs bourgeons sans miel afin de féconder l'empyrée et ses accents superbes,
Sans litanies de leurs prostrations comme de leur déraison, pour offrir au vivant un devenir sans fébrilité équivoque,
Sans destinée tragique, sans ces écharpes moirées qui font la tombe des anciens serments comme des épopées sans nombre. »

Invitation portant vers l'assomption et ne s'assouvissant de stagner ou bien de disparaître dans les égouts,
Comme les marais où se complurent tant et tant de naufragés, ne comprenant seulement le cil de leur existence,
En haïssant les principes et les voies supérieures pour se lover dans l'irréalité, la permanence de la destruction.

« Clameurs dans l'onde vivante noyant ses scories dans des hydres aux faméliques jouvences comme aux perfides langueurs,
Assoiffées de sollicitude dans la solitude même de leur butut vide de lucidité épousant l'inconscience et ses vertiges,
Allant de tremplins en tremplins vers le gouffre où se tiennent les désincarnés et leurs contemplations morbides. »

Inconsistances malléables aux portées désuètes dont les prières inclinent à toute décérébration chronique et absurde,
Niant la vie au profit de la mort et de ses refuges ourlés de nauséeuses conceptions dont les constantes s'écharpent,
S'avivent et s'offrent au regard sans lendemain comme nuptial dessein, tel un phasme inverse s'alitant dans la boue.

« Voyant de l'œuvre les sangsues immondes aux corolles votives s'ébrouant dans le nectar de la purulence et ses auditions,
Ses actes dont la barbarie est l'émulation et le déchaînement de la terreur les sublimes apartés enivrés,
Fauves latitudes plus basses que l'animal, souillant la légitimité par l'ordure, et ses viaducs de pourriture sevrée. »

Acclamant le prestige d'une larvaire attitude s'agenouillant dans le fumier pour mieux se faire pénétrer avec une avidité,
Morcelant la raison dans les immondices et leurs insanités fulgurantes et bestiales glorifiant le prestige du vide,
Cohortes en nombre dont l'irrespect envers la vie est une injure monumentale qui doit être lavée à jamais des surfaces qu'elle envahit.

« Une injure primale ne sachant marcher sur ses deux pieds, une injure labiale ignorant l'unité et ses prouesses,
Une injure tribale arborant la sénescence de ses voiles dans la putridité et ses corollaires, la hideur, l'acculturation,
La soumission dans tout ce qu'elle représente d'horreur comme de compromission, dans des ténèbres houleuses. »

Formalités de la corruption et de ses aberrations mentales ciselant les désespoirs comme les suicides équivoques,
Dans des lagunes aurifères dont les témoins lancent un appel vers les cieux pour se séparer de leurs oripeaux hideux,
Ces vêtures de larves opiniâtres, vendues comme des prostituées à l'agonie et ses adages mystiques relevant de la puanteur la plus perfide.

« Préambule des marnes associées à la déréliction et ses intimes convictions, soumettant l'antienne au fouet de sa décadence,
Un fouet brandi devant tout ce qui est vie et ne demande qu'à vivre, le fouet du néant voulant conserver ses pouvoirs,
Le néant physique vouant à l'informe, le néant intellectuel vouant à l'ignorance, le néant spirituel vouant à l'esclavage. »

Strates sans lendemains aux brouillards affines irisant de leurs stances les mécanismes douteux aux soifs parallèles,
Délivrant des ancestrales demeures les apprentissages comme les inexpériences pour les formaliser dans le souffle commun,
Lui-même désuni se retrouvant spolié de sa consistance pour des effluves sans noms dont les ombres ruissellent.

« Par les transes agonisantes, les appréciations conquises, les débauches comme les serments de vivipares convictions,
Labourant dans la chair le devenir pour en tuer le prestige par l'anéantissement de la création dans tout ce qu'elle apporte,
Pour naître ce royaume de l'infection touchant comme la gangrène les mondes épris par ce refuge de la plaie universelle. »

Une plaie qui se constate, se dévoile, et se concatène, une plaie vive corroborant les typologies frénétiques,
Abusives et allusives de leurs tourmentes, de leur enchaînement aux conceptions les plus défigurées, les plus usagées,
Serrant dans leurs griffes les douleurs et les conquêtes de ces douleurs par leurs armées déployant la terreur.

« Une terreur née de la terreur de l'individu de lui-même ne rayonnant que les nappes enchevêtrées de sa déraison,
Ignorant la qualité même de l'émergence du vivant de ses racines comme de ses atours, dans la lumière féerique du déploiement,
Lui préférant le sordide et le déclin, dans une anthropophagie simiesque levant son regard de sous animal sur l'horizon. »

Bestiaire aux coordonnées reconnues et connues à détruire définitivement par le feu et la cendre, par la nécessité du vivant,
Cette nécessité qui est faite de respect inconditionnel et ne permet ainsi d'instruire la finalité de la vie,
Dans des calvaires dont les fondements traversent les univers de leurs pestilences comme de leurs domaniales révérences.

« Lieu et lien des sections lumineuses situant leurs domaines dans les nécropoles tant de la matière que de l'énergie,
Alimentant les degrés désespérés et fauves dont les postures conviennent causalement la désintégration du tout,
Ce tout nécessaire à l'argumentation de l'éternité veillant à chacune de ses compositions pour en naître l'orientation affective. »

Dénigrée par ces rives, aux fleuves écrus, soumises, ces souffles aux hymnes déchus, toute une ribambelle de putréfaction,
Dont les conflits explosent comme des crachats sur la tempe des mondes libérés de leurs prédations aux prédictions infâmes,
Gargantuesques frivolités délaissées à la nue de leurs velléitaires compréhensions pour en effeuiller le drame conjoint.

« En destituer à jamais les insanités dont les coïncidences fusent par les routes ouvragées tels des segments mutilés,
Des ravines perceptibles par les armes les circonvenant dans ce qu'elles n'auraient pas dû quitter,
L'abîme de leur prostration congénitale dont l'idiotie est fanion, dont le parjure est sillon, dont la félonie est soc irréversible. »

Orgueil de l'irresponsabilité désœuvrée acclimatant ses impertinences dans les angoisses les plus délétères et impavides,
Combattu sans relâche par toutes faces et en toutes faces pour les ouvrir à la densité de l'annonciation et non au déclin,
Enlacé par les prêtrises aux reflux agencés perpétuant l'insane, cette démentielle déconstruction glosant leur perte.

« Dévastation de la profondeur élective se retrouvant dans les labyrinthes de l'équivoque sans sursis poudroyant ses rimes,
Ici, là, dans les marbrures aux fastes hier conquis, ce jour délavés par la formidable acclimatation de la perversion,
Cette saison antédiluvienne où les arceaux brisent les contemplatives innocences pour les faner dans la décrépitude ouvragée. »

Reflet des velléités marchant vers le gouffre les accueillant, imperturbable, pour poursuivre sa route dévoyée,
Canalisant les consécrations hâtives, les finalités reptiliennes, les sauvages répons et leurs exactions manichéennes,
Dans une fétidité dont les remugles pavanent, glosent, se vantent et sont parures d'affres répugnantes.

« Habitant ces cités aux moisissures servant de repas aux satellites de la dépravation et de ses ornementations fractales,
Nid de rats infects aux scrofules libidineux colportant leurs mystiques allégories pour faire accroire leur opportunité,
À l'ignorance et ses déchets se congratulant dans l'infection vivipare et affamée de semences aux déjections mortifères. »

Indécence du vivant se lovant dans l'habit de la festive pourriture qui règne, se meut et se promeut comme viduité,
Lors qu'elle n'est qu'indigeste convulsion se striant de morbides allégeances, de thuriféraires allusions déployées,
Là, ici, plus loin, agitant un fanion de sang et de larmes, de sueur et de souillures immondes maculant leur monde.

« Chancres de la posture dont les hideurs vérolées sont suffisances d'intellects s'abritant dans le marais fétide,
De leurs jugements nés de liturgies aux bestiaires évoqués larmoyant leur servitude en la voulant suprématie,
En la poussant dans les ultimes pouvoirs pour s'en repaître et en affirmer l'influence par tous fastes du vivant impassible. »

Calvaire des regards éveillés voyant leurs menstrues se déverser dans des litanies sans fins prônant l'irréductible destruction,
Ce creuset de servitude servant de canne pour marcher aux aveugles de la lumière, aux enchaînés de noirceurs adventices,
Aux nuits hivernales où la glace embourbe les moindres taillis afin de les faire trépasser dans le ru du désespoir.

« Contrainte adverse dont les brisures sont masques de la régénération toujours naissante par-delà les moires aisances,
Ces conflits spontanés déversant leur fange par tous embrasements afin d'assurer leur action motrice de déperdition,
Retenue, disséquée, et réduite au silence par la fermeté inaltérable ne se laissant saturer par leurs imperfections. »

Visibles dans le sens de la clarté exondée décimant leur parcours de volutes noyées par les désorientations et leurs litanies,
Stances du primitif sans esprit, du matérialiste sans âme, du spiritualiste sans corps, de ces choses labiales et désacralisées,
Œuvrant à la scarification des mondes pour d'ombellifères monuments scandant leurs témoignages ignobles.

« Dont le Verbe ne s'émeut, déployant ses oriflammes pour en conquérir les spasmes et les anéantir dans leurs phasmes,
Hissant ses blasons dans l'éclair et le tonnerre, dans cet ouragan perceptible visitant de l'équanime certitude l'embellie,
Marquant de ses exploits les devoirs pérennes à enfanter pour saillir l'immortelle randonnée ne pouvant s'épuiser. »

Ne se délaissant dans les brises infécondes, les trivialités inconséquentes, les obsessions mortelles par essence,
Toutes farandoles des ivresses dont se réclament les opportunes disséminations de la dénature dont les abysses sont répons,
Œuvrant une densité aux miasmes perdurés et malfaisants côtoyant les stigmates de la folie et de ses forces.

« Faisant accroire une quelconque ordonnance dans leurs passementeries devant des publics restreints et aphones,
Ignorants des lacunes qui cherchent à les apitoyer sur leurs vêtures puantes et sanglantes, leurs rets de prédateurs,
Toutes rapines de la voie cherchant à l'enliser dans le tourment de leur arrogance concupiscente et dévoyée. »

Trouvant devant leurs forces, ces forces unies des
Univers accomplis qui sans appréhension
pourfendent leurs essaims,
Nids de frelons voraces, dévorant leurs enfants, nids
de fange agglutinée se lovant dans la félicité de la
défécation intellectuelle,
Nids de larves accouplées, de même sexe se livrant à
la brutalité comme à l'ordure jusqu'en s'accouplant
avec leur propre progéniture commandée.

« Horreur sans nom et sans nombre se flagellant de
leur inconsistance, de leur outrecuidance pour
s'exposer et nier le réel,
Faisant dans leur creuset, passer des lois où
l'anormalité est le degré de putrescence menant tout
un chacun dans l'enfer,
L'enfer de la prostration où ne luit aucun espoir
sinon celui de la désintégration et pire de l'auto
destruction. »

Infâmes perversions se témoignant et s'innocentant
en se servant des ondes les plus malhabiles, comme
les plus atrophiées,
Des orbes les plus insipides, de toutes ces ramures
dont les éblouissements ne sont que débilités dont
les promontoires couvent,
Orgiaques, l'inclinaison à la disparition de toute vie
sur les surfaces engendrées, vie ne demandant qu'à
se libérer de leurs étreintes.

« Vie souveraine ne pouvant continuer à s'affliger de
ces scories dont les araignes bassesses la
formalisent dans l'ineptie,
La bâtissent dans le vide série où apparaissent les
nébuleuses de stipulations sans limites, basées sur
les valeurs ordurières,
Les passementeries de genre et les ouvrages
décharnés d'économies sans dessein, toutes vagues
de la semence de la démence. »

Encouragée par les rampants et leurs voies ouvertes sur la jouissance consacrée de maîtres porteurs de lèpres,
Epuisant toutes les racines pour ne se fier qu'à leur incongruité de passant incapable de raison comme de saison,
Car châtré de cette résurgence qui est celle de la rémanence magnifiée hissant les êtres du néant vers la lumière miraculée.

« Car sans la moindre consistance sinon celle de leur avoir accumulé par le sang des êtres des temps, esclaves de leurs ruts,
De ces demeures où se fécondent les transes et les bubons les plus stériles et les plus démesurés qui doivent disparaître,
Qui doivent être anéantis sans la moindre pitié en chaque place forte de leur hymne ruisselant la vermine et l'ignominie. »

Ainsi par les cohortes nées des mondes victorieux
sur la ruine et ses affligeantes conceptions rendant
l'anormalité officielle,
Ainsi le fer de lance broyant cette sauvagerie dans
ses sources mêmes afin de la confondre et de
l'intimer à la simple poussière,
En éradiquant sa boue congrue jusque dans les
basses-fosses de sa fange et de ses raisons les plus
dépravées.

« L'Énergie ne pouvant se concevoir dans la hideur
et le déshonneur, dans la bassesse et ses remugles
infects et prétentieux,
Ni ne s'abaisser dans cette lie dont l'avidité naît de
la paupérisation intellectuelle, de cet oubli d'être
que l'être parfois enfante,
Mutant dans le déclin les arraisonnements furtifs
constellant de dérives la réussite de ses
fournissements les plus ténus. »

Affronts à la mémoire des siècles comme des
surfaces, lavés par la désintégration de leur
jouvence et de leur fertilité,
Lavés à grande eau par les myriades emprisonnant
ses vices torves et ses perverses latitudes, pour les
annihiler dans la poussière,
Cette poussière qui est la manifestation de
l'inexpérience charroyant ses invectives et ses
labours pourrissants.

« Lagunaires expressions de la triviale effervescence trouvée dans ces mondes perclus par l'anémie grotesque de la spiritualité,
Innervant la grossesse de porcs et de truies s'alimentant de leurs propres déjections comme de leur propre corps,
Larves infectes que le feu seul peut détruire tant la vermine grouille sur la purulence induite par leur croyance désuète. »

Un feu salvateur destituant les horrifiantes conséquences de leurs exigences bestiales dont le nom n'est à prononcer,
Tant la dégénérescence est accumulation de leurs scories aux nombres incalculables, se gargarisant dans la désintégration,
S'obligeant et obligeant à une fresque discordante dont les appels sont échos dans les mémoires temporelles.

« Des voix scintillant l'écume disparaissant dans le flou de la folie qui les voit se dresser devant la barbarie frénétique,
Devant cette audace fumeuse de voir un élément inconsistant se vouloir Dieu avant Dieu, dans une arrogance sans limite,
Un spasme qui n'est que léthargie drapée dans la virtualité et ses exactions dont les écharpes noircissent les soleils effarés. »

Par tant de brutalité, tant de dissonance, tant de naufrages agglutinés répétant inlassablement leurs sorts dédaigneux,
Leurs avatars aux conceptions dont les théurgies sont des reîtres les buboniques inclinations au tragique consommé,
Livrant à pâture les écrins vivants dans le brouillard humide de leur dépérissement le plus avivé comme le plus dénué de sens.

« Où se trouvent des répons intenses, des verbes qui ne se dissocient, ne se réfugient, mais toujours apparaissent,
Pour rétablir l'équilibre insoupçonné par l'indigence, dans une homéostasie spontanée permettant de se hisser par-delà les règnes,
Au-delà des prébendes et de leurs harcèlements, en deçà des allégeances les plus inouïes et leurs séquelles inconscientes. »

Afin de parfaire les lieux et les ères en les contraignant par la guerre lumineuse à l'opacité montrée comme exemple,
De ce qu'il ne faut naître dans les mondes, de ce qu'il ne faut laisser perdurer par les sphères, par les univers enseignés,
Afin qu'ils ne dépérissent et ne se statufient avant que de disparaître pour rejoindre le néant et ses orbes manifestés.

« Legs de la pluralité nocive ouvrageant ses longitudes par les connivences marquées par le sceau de la bestialité avérée,
Délivrant ses sarcasmes et hâlant ses progénitures dans les venelles de la léproserie conduisant ses gestes et leurs effets,
Dans un achèvement contingent malmenant toutes les tonalités en son monde culminant l'impropriété existentielle. »

Condescendant à la dérision de ses instances gravées par la traîtrise et ses égarements les plus monotones,
Les plus circonspects devant les altières définitions contrariant ses espaces insensés où se révèlent les turpitudes,
Les nauséeuses concrétions des vils manuscrits suintant la réverbération de halos dissociés aux aberrations monumentales.

« Grisées par leurs artefacts, leurs saveurs colériques, leurs domaines abritant les concaves déshérences situant leurs pavois,
Tout de larves agraires dont les enclumes signent dans la parousie de l'envie comme de la jalousie les extrémités malfaisantes,
Dessinant de glauques eaux par les fleuves charriant leurs vertiges comme leurs vestiges au prurit noyant toute sève. »

Ébauchant dans la durée des flots incandescents où affluent les noctambules hérésies et leurs permanences,
Toutes votives des agencements qui les comblent, les fortifient et les enserrent dans des panoplies divises et forcenées,
Enluminant de leurs lanternes chiasseuses les fumerolles d'un devenir destiné aux limbes et leurs farouches concaténations.

« Vivante allégorie de la nuit et de ses fauves étincellements où des phosphorescences induisent des paraîtres nébuleux,
Conséquent de vastes vols comme de vastes crimes, sans atermoiement du sang des êtres de leur temps infertile,
Un âge de noir dessein nourrissant les parures virtuelles de la transe des ébats houleux sanctifiant ses rythmes ovipares. »

Canalisant les flux et les reflux de l'inconscience comme de l'ignorance dans un savant calcul dont l'objectif est désagrégation,
De tout ce qui existe, de tout ce qui pense, de toute énergie volontaire, de toute vitalité comme de toute puissance énergétique,
Se retrouvant dans cette nidation puante où l'horizon ne peut se vivifier faute de cet éclair de lumière qui s'irise.

« Permet l'évasion de ce labyrinthe aux frivolités de barbaresques essences comme de substances anachroniques,
Perlant des histoires maudites à l'unisson pour se prouver la résurgence d'une litanie venue du fin fond du vide,
Agréant une paresse permettant de détourner toute motivation comme toute altérité d'une ascension dans la profondeur exclusive de son tourment. »

Acclamé par les hydres aux araignes désinences contrariant le chant de l'œuvre et de son aquilon fabuleux,
Ici, liquéfiés dans leur vertu, leur aristocrate impédance, leur propriété croissante et leur détermination conjointe,
Là, malmenés, restant ouvert sur la plénitude et ses serments malgré les dérives importunes et leurs sons aux tonalités féroces.

« Dissonant les incongruités jusqu'aux témérités exclusives de leurs ordonnances pour en limiter les inconstances,
En démunir les phares hideux et leurs tumultes comme leurs grotesques épanchements ressortant de la glèbe flétrie,
Cette consonance dont les partages accentuent les présages les plus définitifs d'antiennes dont l'aporie ne se conte plus. »

Aux voix rauques, dubitatives, narguant les sphères de leur monstruosité cadavérique dont les épithéliales convenances,
Charrient d'asthmatiques délivrances, conjuguées à des rets dont les subordinations indiquent la proie messagère,
Domination de surfaces aux ombrages larvaires distillant des senteurs fauves dont les cris sont manifestés.

« Endeuillés et prostrés dans les facondes d'une décrépitude couvant des arborescences où les lieux ne se distinguent,
Les époques ne se déterminent, toute force du zéphyr ne pouvant en circonvenir les fléaux impavides et saturés,
Aux masques dansant des rives les argumentations déclinées par leur désinence relevant de l'utopique déraison. »

Marquant de ses aveugles rectitudes les grimoires des pensées, des ressentis, tous se noyant dans le délire souscrit,
Où la pertinence s'enfuit afin de regarder ailleurs le ciel souverain aux faisceaux contant d'une florale incantation,
Les ouvertures sacrales prédestinant le vœu à son exacte fluidité comme à son élégance portant à une ferveur impitoyable.

« Allant d'un regard l'impermanence et la cécité des vagues en afflux dérivant les terres empuanties par la pestilence,
Afin d'en défaire les miasmes, ces miasmes étranges nés de l'incapacité et de ses dérivés par l'ignorance prescrites,
Concertant les prieurés de la torpeur et de leurs raisons dilapidées se mettant à servir l'ignorance belliqueuse. »

Toutes infections s'imaginant la déité en s'en agréant les pluralités exondées pour en rapporter non les flamboiements,
Mais les connaissances pour en masquer les supérieures autorités navigantes, dressant le dessein du destin,
Qui ne se meurt, qui ne s'afflige mais se prend en main lorsque brille son chatoiement et sa nuptiale et adulée convoitise.

« Mystère pour les mondes édulcorés, tenu en mains par quelques alchimistes au renom épuisé se cachant dans les limbes,
Pour ne pas se voir hissés sur des bûchers, grésiller sous les rires et les applaudissements de la plèbe inconsciente et stérile,
Cette cohue de porcs et de truies gavées pour l'esclavage putride, pour servir d'orifices à la puanteur régnante. »

Une puanteur reconnue et connue investissant les quartiers de la vie pour en défaire les saisons, comme les embruns,
Par la force née de la putride allégeance à la mort et ses féaux s'inscrivant sur des marches où s'immole l'avenir,
Dans de dantesques et grotesques dérivées dont les finalités inondent les sols de l'énergie sacrée qui s'y épuise.

« Terreur des affligés, des conditionnés, de ces pauvres êtres ne sachant leur postérité et s'illuminant des parcours assoiffés,
Les inscrivant dans des jeux qui sont pâtures de leurs désirs morbides, de leur volonté anémiée, vaste pacotille,
Aux éclats semblant splendide alors qu'ils ne sont que vétilles de la crasse mentale de ceux qui les mettent en œuvre. »

Mages noirs circonscrits sur la paille humide qu'ils souillent de leurs roturières aisances parcheminées de glaives,
Honoraires de leurs fumets larvaires, de leurs essences vulgaires, de leur torchis qui leur sert de grimoire répugnant,
Enceints qu'ils sont de leurs canes leur servant à marcher alors qu'ils ne pourraient se mouvoir sans leur béquille.

« Livrées d'une porcherie sans noms et sans nombre
distillant ses écumes dans les pouvoirs qu'ils
autorisent,
Mettant en œuvre des juridictions d'exceptions
permettant de liquider toute entité ne les servant
plus ou leur nuisant,
Législation de la plaie voyant accourir dans la mort
matérielle par les règnes les plus vieux comme les
plus jeunes pour séduire. »

Complaire à cette barbarie immonde échafaudant
ses plans dans la besace de loges nocturnes où se
retrouve la lie de la vie,
Cette limace sans connaissance, inconsciente, se
livrant pieds et poings liés à la destruction de tout
ce qui est,
Sans même le savoir, sans même le deviner, tant le
paraître est l'onde de leur création spongieuse et
multiforme.

« Confluant l'âme au désespoir, le règne à la houle,
le pouvoir à l'agonie, pour ne laisser place qu'à la
dysharmonie fulgurante,
Rapine des médiocres ouvrageant cette aventure
sans lendemain dont les verbes sont semences du
déshonneur le plus purulent,
En ses basses couches où se tiennent la nuit et le
vide côtoyant le néant dont ils sont les phares les
moins reluisants. »

Anathèmes de la pureté, brisant dans les haleurs de leurs menstrues la beauté et ses racines, l'honneur et son écume,
Afin de porter par toutes voix la voie de la finalité distinctive se mortifiant jusqu'à l'aven dans l'incapacité qu'elle est de se diriger,
De rendre à la vertu son aristocrate détermination, car au service de cette plaie du vivant, en croyance immodeste de son incarnation.

« Lieu combattu par d'autres voies tentant de répondre dans l'harmonie aux sulfureuses déviances concrétisées,
À ces parures abjectes et oiseuses se prosternant devant les abîmes en croyant en retirer une énergie divine,
Lors que cet effluve se déploie dans la brume et ses odeurs de cadavre en décomposition dans un rire sardonique. »

Composant la maîtrise de ces sillons, ces hospices de la folie où domine la bestiale phosphorescence de l'anomie fauve,
Modalité de son échelle de valeur qu'elle veut par tous les moyens mettre en œuvre dans la raison qui l'absente,
Par les surfaces antiques ouvragées, par ces lieux sans lumière où se prosternent les cœurs hideux devant leur maître.

« Dans une comédie qui serait burlesque si elle n'était pas d'apparat et de principes dont les volitions ordonnent et ne quémandent,
Installant dans l'écrin recevant leur poison les miasmatiques errances leur permettant de perdurer et contrôler à l'infini,
Dans des drames opaques où les surgeons abondent leur funeste levain dont les odes incarnent de bellicistes couronnements. »

Libération d'abstraction sans fin aux inondations infertiles côtoyant les rimes de l'abjection et de ses ordres sentencieux,
Alimentant les scories servant ces piètres illuminations dont les masques sont de l'atrocité les péristyles,
Les statues impénitentes narguant tout devenir pour se réjouir dans la prostration aux errements sans racines.

« À ce chiendent des terres ne se délivrant que dans le pourrissement, ne se gargarisant que dans l'immondice,
Ne se consacrant que dans la vase et en reptation dans cette fange voulant voir toute vie de même orientation,
Dans une divination élective dont le brouet est le fumier de tous les horizons, dont l'ordure est le firmament de toute nocturne déficience ».

VII

Visiteur de brume

De lumière ondine dans les sylves profondes et nues
Se tiennent le Chœur et ses ressources, aux vues
Profondes et claires, ressourçant les conflictuelles
Évanescences afin de les charmer d'un rituel,
Composant les desseins dans une unité charnelle
Disposant de la féerie et de ses souffles éternels,
Où s'en viennent de lys horizons les écumes d'or
Exaltant les fenaisons et les moissons d'un décor
Surprenant et vivifiant, conjuguant un vif essor...

Lisier de grandes ovations par les phasmes devenus, les choses éclairées par la fumerolle dénuée de toute construction,
Lave de l'engeance répugnante et sophistiquée acclamant sa décrépitude dans des arc-en-ciels dont les acclimatations,
Diurnes éclipses, enseignent la pauvre bassesse par tous les temples en semis de son dessein malodorant et malpropre.

« Couronnant les apprêts de fantastiques atonies dont les blizzards s'émiettent devant l'incarnation sublime du vivant,
S'effritent comme des larmes absentes aux écailles monotones développant leurs sinuosités sur des terres décimées,
Scrutant l'insigne vertu en ne pouvant en conclure la destinée tant de désœuvrement leur conjugaison obérée. »

Car style de vêtures sans prairies, sans liens et sans lianes de gouvernances habiles, sinon que pour travestir la lumière,
Dans des coordinations morbides dont les afflux contristent le devenir afin d'en émarger les devises et leur sensibilité,
D'en déduire les forces et ainsi les embaumer dans le silence où bouillonne l'inaltérable désunion menant vers le vide abyssal.

« Vertige des sens, anomie des substances, corrélant les difficultés à vivre dans le déploiement et dans la prestance,
Dans cet ultime partage renouvelant de l'unité la totalité, et de la totalité l'unité, dont le visage souriant intime la perfection,
La splendeur et ses horizons où se ressourcent les nuées de la préhension aux apophtegmes sereins contemplant les univers. »

Pour en porter le flambeau, la lumineuse conception sans embrasements particuliers sinon ceux de la volonté nuptiale,
Prairial sentier des convictions qui ne s'amenuisent mais fertilisent les remparts amers et les citadelles déchues,
Pour les révéler à leurs archaïques novations percluses de ravines et de miels oublieux qu'il suffit d'atteindre pour les signifier.

« Dans un dessein conté dont les épures cisèlent les fortifications amènes menant vers le réel et ses ornementations,
Loin des virtuelles facondes aux miroitements vaporeux où se noient les alacrités comme les clameurs adulées,
Retrouvant dans le cil mystérieux le pouvoir de se régénérer par-delà les conséquences houleuses d'un travestissement auguré. »

Initié par les prébendes et leurs heurs et malheurs menant à la perte de toutes sources dans un désert inorganique,
Consumant les espérances, les rêves et les songes, dans des mélopées abreuvées de lâcheté comme de désespérance,
Striant les visions décolorées de rayonnements fades menant vers la déperdition, et non vers de salvatrices modalités.

« Aubes sous le vent, hier d'ambroisie, par ces surfaces teintes, rescapées magistrales, effeuillées par les ondes du vivant,
Marquant en leur site les constantes leur permettant d'assurer un avenir ne se ployant sous le joug, sous l'inféodation,
Sous le fouet de viles formalités dont les mémoires se chargent d'aisances et de prurits aux nauséeuses partitions. »

Irisations par les temporalités déchues, enseignant leur désir au-delà des échos répétitifs annonçant leur dissolution,
Venant des souffles profonds le sursis d'une heure seulement dans l'illumination permettant de les voir se réveiller,
Et de l'aven et de ses gouffres impassibles écrasant dans la servitude toute destinée pour consteller leur vide téméraire.

« Transe des amazones perceptions modelant les nectars diluviens afin d'en arborer les canalisations adventices dans des dépouillements,
Consternants, voyant sans refuge le vivant, laisser seul dans une complainte générée dévastatrice, ne pouvant se mouvoir,
En dehors d'une culpabilisation de façade, ondoyante et pernicieuse, caractérisant sa marginalité le contant dans l'aberration. »

Une aberration coordonnée par des ruts solidaires dont les effluves sont la puanteur des univers et dont les mondes,
Dans leur pureté, doivent reconnaître la bestiale apparence afin de les dissocier, les annihiler puis les anéantir,
Pour leur permettre enfin de s'associer à l'ambre parfum des vagues par les constellations aux promesses devisées.

« Altière parturition fécondant les astres, témoignant de la lutte implacable nécessaire pour contrôler et le destin et son dessein,
Dans des florilèges séparant l'ivraie du bon grain, la semence pourrie de la semence incarnée, dans une vigueur impérieuse,
Dessinant d'eaux claires les sillons à parcourir, labourer, dans de grands chants qui ne sont coutumes mais lois impartiales. »

Vêtures de l'été souverain magnifiant les opérandes des actes éprouvés et sûrs alimentant les degrés perceptifs,
De houles en nectar apprivoisant le sort pour en culminer l'essor dans de hautes vagues aux cristallisations marbrières,
Délaissant les rides et les votives allégeances pour reconnaître les lieux et les liens brisant toute équipée dans la nuit.

« Une nuit marquée par de portuaires dimensions consacrant non la vie mais la pulsion du vide par les fruits de l'or,
Dans une virtualité conduisant ses scories les plus profanes comme les plus glauques aux regards pernicieux,
Sentencieux et barbares, de malformations congénitales s'imaginant la prouesse des mondes dans leur torchis de laves fumantes. »

Entonnant leurs larvaires attitudes dans des frises d'inconscience régnant des nébuleuses acides et gravitées de folie,
Faisant accroire à leur pure lucidité pour mener les houles vers les plages de l'harmonie lors qu'elles les mènent dans le marais,
Le sol cendré de leur rut répugnant se soulageant dans l'abstraction et la conduction de son inconscience fétide.

« Mimétisme de caducées se résorbant dans un totalitarisme adipeux, gruau de l'inconséquence et de ses armes,
Délivrant dans la clarté ses exactions dans une perfection née de la densité de la pulsion qui l'anime et le destine,
Dans une violence dont l'intempérance le conduit à sa finalité exhaustive car sans la moindre valeur de couronnement. »

Son dévoiement putréfié, où son sein se presse pour enrober de ses métastases la puissance vivante afin d'en clore la puissance,
Le réduisant à cette impuissance qui est son rets, sa lumière et son exact degré, celui du pourrissement né de ses déjections,
Comblant ainsi la perte de son équilibre, le voyant marcher avec la canne de l'abjection pour supporter la réalité masquée par sa virtualité.

« Phénomène de pâle accentuation devant les temps qui disparaissent comme les sables des plages labourées par les Océans,
Attendant la plénitude de l'essor pour enfin réaliser le fruit après les bourgeons dont les nombres ne se comptent plus,
Tant de rives se noyant dans la pluviosité circonscrite par l'incompréhension et l'ignorance accouplée. »

Magistère de l'oubli et de ses fenaisons ivres et
tutélaires accentuant la déperdition de toute vitalité
exhaustive,
Marginalisant les draperies dont les écharpes vont
le gypse du néant qui les absorbe en les mutants
dans ses reîtres,
Dans ses alcôves où se fond la réalisation pour ne
plus paraître et dans la dissonance couver ses
limites conjuguées.

« Endurances qui peuvent se déliter par non
l'apparence mais la pure consécration ne se mêlant
de ses limbes,
S'extrayant de son impuissance pour gérer la
finalité supérieure ouvrant ses portiques sur l'azur
et ses conjonctions,
Dans une force native dépassant les carcans de ses
habitudes et de ses silences, de ses turpitudes et de
ses exaltations. »

Ainsi dans ce combat naturel voyant face à face le
vivant et le néant, un combat titanesque dont le
sens est présence,
Présence des cohortes ne se lassant, impassibles,
pour gréer les fronts nobles comme les volontaires
convictions,
Ne se prisant de l'inconstance et de ses racines
poudrées de dérisions dont les avatars fulgurent les
pentes d'alluvions perdues.

« Vaste préambule sur les promontoires de la nue où s'enchante le récit des algues princières devisant leur mystère,
Dans un élan impérieux hâlant des implacables nécessités les mobiles précieux ne se targuant de victoires,
Qu'assurées sur les écarts et les diatribes menant vers de nocturnes empyrées dont les stances sont rebelles conditions. »

Farouches devises de l'incomplétude manifestant ses augures par toutes serviles configurations aux brouets insanes,
Délivrés par la force de l'emprise concaténée les gréant dans les sphères et par les artères des ondes embrasées,
Afin d'en stigmatiser les complaintes, les jérémiades, les convictions affligées mutant vers l'horizon malmené.

« Cet horizon dont les foudres attendent, impavides, les carènes afin de les saborder dans les nuageuses aperceptions,
Ces enchaînements dramatiques obérant toute finalité pour n'en retenir que la finalité œuvrant à la destitution,
Et du tout, et de l'Unité, et de leurs marques au souffle impérial qui ne se laisse attenter sans résistance habile. »

Réduisant au silence les arcanes de ce sabordage dans des guerres manifestes dont les fracas sourdent les univers,
Les balaient de frénétiques assauts aux hordes tutélaires déployant leurs oriflammes par toutes surfaces,
Par tous temps qui se consacrent afin d'en aider à l'accentuation de plénitude comme de discernement tutélaire.

« Concourant dans des mobiles géométriques et denses à la partition des œuvres malmenées pour leur rendre leur parure,
Les mener vers cette Voie oubliée dont les transes attendent leur renouveau dans de frontales considérations,
Advenant des âmes les liens indéfectibles forgeant par les calices de la tempérance les organisations sublimes. »

Livres de pentes en granit et de cimes en écheveaux contemplant la hardiesse et ses moissons par les souffles initiés,
Tressant des passementeries sans voiles les ordonnances permettant de hisser la Vie non à sa contemplation,
Mais à son action supérieure et magnifiée nourrissant le sérail de tout univers dans l'Absolu souverain.

« Ainsi dans l'orbe de l'hymne assurant la félicité par-delà les abysses et leurs convections menant à l'anéantissement,
Ainsi dans le flux de la préhension des antiennes constellant les prieurés de sources lumineuses et altières,
Tandis que veillent, drapés des armoiries fidèles, les preux au langage consacré révélant les fractales assonances. »

Dans la gloire des semis, aux flots balayés par les zéphyrs victorieux, œuvrant de latitudes en longitudes,
Les terres malmenées, les éclipses lunaires, et les formidables transhumances des mondes en éveil éclairant le vide,
Sans allégeance, sinon à celle de la Vie et sa superbe divinité transcendant les firmaments les plus denses.

« Dans l'acier et l'orage des énergies transcendées, avançant sans recul et sans lâcheté devant les frimas soudains,
Les horizons pâlis et les stances importunes, toujours sans relâche évertuant des farandoles épuisées,
Les nectars et les senteurs aux carminations ouatées de sites en répons, éclairés par leur certitude renouvelée. »

Dans la magnificence et non l'outrecuidance, dans la raison la plus noble d'une appartenance ne se liquéfiant,
Ne se délaissant pour la simple portée d'une note, mais bien au-delà pour la gravure symphonique de l'Éternité,
Dans des floraisons vives par les arbrisseaux comme les chênes millénaires, par les vents insouciants et ivres.

« Attenant des réalités sans opprobres, des rescrits aux phrases élevées annonçant la libération de toutes odes,
Des plus humbles aux plus couronnées dans une festive étiquette dont les prononciations éclosent une randonnée,
Mariale de la pluralité des adages et de leurs états signifiants de demeures à la lisse perfection intransigeante. »

Clamant l'ordonnance délaissant les velléités pour forcer la rime à la splendeur dans le sens de l'honneur souverain,
Assistant sa genèse dans les cœurs les plus tempétueux comme dans les chairs les plus sourdes,
Dans ce limon de l'énergie explorant son chemin parmi les remparts et les labyrinthes les plus ténus et nébuleux.

« Parmi les mobiles mâtures aux agrès affamés aspirant à retenir le flux inaltérable qui ne se perd dans la douleur,
Ni ne s'enfante dans le calvaire des songes les plus dérivés dont les senteurs s'espacent dans des rives infécondes,
Où s'ourlent des rus s'épuisant dans des litanies, des complaintes et des menstrues sans désir et sans constance. »

Tel de rencontre dans la combinaison des termes qui s'annihilent et se précisent afin de styliser la poussière,
Tel, dans la désordonnée corolle aux épices cendrées dont les fumerolles exercent des pressions invariables et délétères,
Tel, dans la glèbe et dans le sursis des flores adventices, des faunes éplorées, des êtres masqués par la dissonance.

« Nul de ces lieux comme nulle de ces forces ne pouvant circonvenir l'allant ordinaire des centaines en promesse,
Sillonnant les demeures et leurs florales ou virginales exigences, pour les mener vers la rencontre salutaire,
Et de la Voie et de sa sublimité, dans une épreuve majeure où se rencontrent l'immanence et la transcendance. »

Dans une confrontation nécessaire afin de démasquer l'opportune langueur, la contrariété de l'infidèle,
La maraude des attenants de l'attentisme et de ses fards, de ces briseurs de rêves se contentant de l'immobilité gracile,
Pour végéter dans les marais de la brume aux pestilences graduées inondant de leurs imperfections le vivant.

« Sans détour devant la flamme et l'orage, sans retour devant l'ouragan et la pertinence gravifique des Océans majeurs,
Soulevant de l'abîme les précieux étonnements pour les animer non au ravissement mais à la détermination impassible,
Menant vers le séjour de toute gloire par toute victoire assumée dans la plénitude et son rayonnement.

Sans larmes et sans armes sinon les blasons de la novation épousée par la concrétion ouverte et sublime,
Concaténant les espérances dans le réel en, en fourvoyant les scories pour en décimer les génuflexions,
Comme les prières ridées sans votives connaissances, sinon celles de l'accroire et de ses talismaniques envergures.

« Des mystiques horizons les coordonnées d'éventails sans raison détruisant les aspirations à la légitime causalité,
À cette densité exquise qui est le moteur de toute énergie sapientielle ne se laissant dérober ses harmonies,
Tant par les fastes que par les fausses humilités dans des connotations verbeuses aux efflorescences sans crédibilité. »

Par les routes en semis, des temporalités défaites les noms sans sacres se déversant dans les schistes amers,
Aux cyclones devisés dont les mondes opèrent la régénération devant leur force inverse les mutants dans l'irréalité,
Dans cet accomplissement ne cherchant qu'à lier les forces permettant de concevoir et pour chaque vivant de se réaliser.

« Tresse de lianes sauvages dévisageant la portée et ses arborescences au langage serein ou bien tempétueux,
Ou coléreux, toujours dans la maîtrise achevée retrouvant son potentiel d'argumentations stellaires et novatrices,
Berçant des isthmes le déploiement par-delà toute vulgaire appréciation, en deçà de toute admiration forcenée. »

Le rescrit des aubades dans la parousie élevant les principes à la désinence de l'équilibre et de ses portées enseignées,
Levant des abondances les écrins et des pitoyables essors les vertus messagères d'une énergie sans affliction,
Permettant tant aux unes qu'aux autres de se révéler non plus passantes, mais agissantes, sans fardeaux d'immondices.

« Ces maux crispant l'identité dans des concordances ineptes ne relevant que de l'outrage comme de la culpabilisation effarante,

Dont les ambres sont tumultes et naufrages de toute persévérance, de toute rencontre comme de toute appréciation,

Tant de la multiplicité que de l'unité, tant de l'individué que du généré, se voyant ainsi malléable et sans raison. »

Sans saison devant l'empyrée témoigné qui parle de sa motricité, de son élan comme de sa gravure formidable,

Hissant chaque réalisation dans un hymne qui est conquête, contrôle, maîtrise, puissance inaltérable conjuguée,

Permettant l'ascension dans tout ce qu'elle représente de beauté, hâlant dans l'hymne sa personnification contemplée.

« Nidation de compositions ultimes participant à l'éclosion de la noble croissance des œuvres par les hymnes éclairés,
Enseignant dans les multitudes les écrins des chars flamboyants étincelant la gravure des ondes aux auspices réguliers,
Dont les matriciels règlements permettent de s'élancer au-delà des affirmations vers la tempérance inamovible. »

Dans une satiété culminant les cieux les plus austères comme les plus réverbérés par les danses des sphères éployées,
Par l'apprentissage constant des liens raisonnant les avenues les plus lipides comme les plus éclairées des mondes,
Libérant de leurs exquis agencements les promontoires permettant de déplacer toute raison dans l'éternelle corrélation.

« Ivre de ces feux antiques comme de ces feux nouveaux ramifiant sans distinction les calmes aubes révélées,
Magnifiant les parterres de féeries aux louanges éthérées, novations des écrins en parcours de leurs fêtes apprêtées,
Aux consistances marquant de l'aventure l'achèvement et ses préceptes majestueux aux précisions incomparables. »

Levant des étoiles les opiacés divins, dans une cataracte dont les illuminations resplendissent de l'augure éveillé,
Où s'en viennent les buccinateurs pour enchanter la pure acclimatation du sevrage à sa densité comme à sa floraison,
Délibérant des stances les gravures à mettre en œuvre de l'infiniment petit comme de l'infiniment grand.

« Dans des conséquences en majesté délivrant des phasmes et de leurs routes oublieuses, de leurs nuées sanctuarisées,
Pour féconder de la Vie les articulations menant vers l'assomption aux routages accomplis et merveilleux,
Distillant le néant dans le néant lui-même, dans cette infinie particule sans sommet ni base sinon celle d'un répons. »

Dont la vision correspond sa coutume profonde qui n'est celle de la symbiotique valeur mais de l'osmotique pâleur,
Devineresse des songes atrophiés qui peuvent se mesurer avec la finesse et la sûre appropriation qui se dérive,
S'ordonne et se nantie afin de ne complaire ni de surfaire, mais d'être et générer l'exemplaire manifestation.

« De la Vie vers la Vie pour la Vie hâlant ses multiplicités dans une ronde sans fin éclairant les olympes prestigieux,
D'une présence que rien ne peut tarir, que rien ne peut détruire, car tout d'affirmation spontanée et régulée,
Attisant de l'Énergie la stipulation altière et perfectible, soucieuse et intangible, épousant la vive Éternité. »

Ainsi par les regards ouverts le sens de l'horizon dont les sépales et les pétales s'entrouvrent sur la luminosité impériale,
Demeure des âges et des espaces les plus abrités comme les plus ouverts sur les dolines et les tempêtes abyssales,
De celles qui n'ont qu'une résonance, la destruction comme la désintégration de toute osmose prononcée.

« Ainsi dans la mansuétude de la livrée des songes les univers dans leur déploiement comme dans leur enivrance azurée,
Voyant sans masque se préoccuper de leur devenir les marques de l'avenir générées par leurs principes comme leurs fastes,
Dans une agrégation symbiotique dont les nefs portent le combat sur ce qui veut surseoir à sa tempérance comme son harmonie. »

Messagère conjonction des âmes ne se laissant
dériver, des esprits ne se laissant conter, des corps
ne se laissant décimer,
Voici le Temple et sa nef dont les vertus solsticiales
sont les rives parfumées des oasis souveraines des
cœurs embrasés,
Initiant les flux et les reflux nécessaires à la pure
intégration ne se déterminant qu'en fonction d'une
raison novatrice.

« Épure des signes par les écrins nuptiaux dont les
profondeurs témoignent par-delà les stigmates et
leurs circonvolutions,
Des souffles conscients s'élevant dans la parousie et
ses intimes vertus, conjuguant des œuvres les
expressions natives,
Accomplissant des règnes les semis et les
prestances dont les ramifications culminent les
nuées sauvages. »

Magistrale détermination où les essaims fluides et
sans équivoques construisent l'évolutive conscience
incarnée,
Manœuvrant des lices les présents, des orbes les
semences, dans l'effervescence des rites s'éveillant à
la concrétisation,
Et de leurs aires comme de leurs préhensions, dans
la mesure de leur régénération dans
l'interdépendance et sa gravitation.

« Rayonnant toute prestation de l'infini dans des accords somptueux distillant les innervations sérielles,
Nécessaires à la genèse des officiantes cristallisations menant vers l'aboutissement de la florale épopée,
Où vainqueur se tresse l'harmonique désinence de la somptuosité aux éclairs vivaces et clairs armoriant les Univers. »

Consécration des buts assumés et des actions engendrées nervurant l'Éden en ses promesses et ses exultations,
En sa téméraire apothéose portant le chant vivant à l'éblouissement et son sérail fidèle dont les jouvences s'inscrivent,
Dans des émotions culminant les associatives procréations rivalisant de pures germinations aux œuvres déployées.

« Ramures des constellations dans leur enivrant partage dont les écumes jaillissent sans ombre les couleurs affines,
Les méandres de la gloire attisée par le réveil des algues en séjour à leur maturité dont les stances s'émerveillent,
Abreuvant des racines les mystères opalins des sources naguère dans la lumière des roseraies ardentes et vives. »

Déploiement de parures insignes aux consonances livrant leurs cargaisons conduites de pluralités ordonnées et sûres,
Embrasant les citadelles et charriant des fleuves les votives apparitions, comme les charges les plus nobles,
Appariant la félicité des foncières demeures à leur sacre par les sortilèges agencés menant vers l'écume des pâmoisons.

« Orée des accoutumances, des rêveries déflorées, des songes concordants, s'innervant dans la réalité et ses perceptions,
Dont les complémentaires mesures dressent sur les horizons l'ouverture du faste et de son impériale connotation divine,
Affleurant des verbes les présences constructibles sans oisives affinités délivrant des temps comme des espaces. »

Pour désigner l'essentielle manifestation de l'opale en ses semis, ses éclats et ses fortifications, sa limpide prestance,
Associés sans rites à la force mesurée déployant ses fanions sur toutes cités engagées par la définition souveraine,
Celle ne se laissant empourprer par la déraison et ses silences votifs, ses ornementations grégaires et délétères.

« Ainsi dans la visitation des termes qui ne sont de termes que le nom car ouvertures ramifiées de péripéties nouvelles,
Nouvelles à voir et essaimer, nouvelles à conquérir et parfumer, de lys et de glaïeuls les floraux contours des armoiries,
Baignant de leurs lactescences les promontoires à renouveler dans l'éther et ses gravures fidèles et renommées. »

Là, ici, plus, loin, beaucoup plus loin, que l'espace lui-même disparaît pour laisser apparaître toutes ces nefs de corail,
Ces barques de rubis, ces vaisseaux olympiens, allant, venant dans la mobilité ponctuelle les oripeaux,
Pour en défaire les limites et en accentuer les rives ne demandant qu'à renaître pour perdurer l'accomplissement.

« Dans une prouesse éclairant les nuées d'énergies fabuleuses striant les mélancoliques errances, les cavités profondes,
Les gouffres dantesques et ces horizons blêmes où la sauvagerie fait résonner ses lourds tambours déments et fourbes,
Voyant au-devant d'eux la sonorité des tambours de bronze ramenant à la réalité toute dénature et ses circonspections. »

Toutes litanies abrégées par le feu rutilant de ses floralies divines marquant les transes d'un ultime parcours,
Laissant le choix de l'agrégation ou bien de la désintégration à toutes faces prostrées dans le venin des idiomes sans rimes ni écrins,
Dans cette labiale aporie dont les dérives content les germinations fatales d'astres hier encore brillant de formalité.

« Irrigués de plaintes dans le séjour de léthargies amènes les comblant de saturations effectives et malsaines,
Les irisant dans les égouts charriés par de pauvres attitudes moirées de sang et de sueur, esclaves de leurs apories,
Rendant esclaves toutes faces pour en sucer la moelle et en destiner le chemin à la cendre et ses couvées informelles. »

Libre dessein des vagues ruisselant leur orgueil laminé sans pitié quelconque par les escadres délivrant leur message,
Opérant dans les navigations les plus contrariées, les plus fustigées, les plus difficiles, afin d'attraire encore à la vénusté,
Les sources profondes ne se laissant dans l'abandon, ne se visitant dans l'ombre, ne s'éclairant dans l'immonde.

« Libre arbitre des temporalités recherchant le vide comme aspiration, ou bien la lumière comme épanouissement,
Nécessité fulgurant toutes les épreuves, tous les abords, toutes les initiatives engendrant l'âtre de la libération,
Ou bien le creuset de la désintégration, au front de l'aventure inaltérable et constituée ne se méprenant des dérives atrophiées. »

De leurs essors comme de leurs conclusions votives les voyant complices du néant et de ses sordides demeures usitées,

Par les aliments de son sort et ses congruités, venelles de l'instinct primal aux ténébreux récitatifs déclamés,

Perçus et rejetés comme miroirs sans exondation se malmenant dans les affres en essayant d'attirer toute force en leur lieu.

« Un lieu sans volonté dont les tristes conditions échelonnent les degrés de vêtures morbides et sans gloires régnantes,

Sinon celles de la destruction et de ses arbitres immolés par leur atrophie conceptuelle dont l'atavisme forcené,

De la consanguinité les reflets, arbore le masque étrange de la compulsion votive à la mort et ses étreintes horrifiées. »

Coordonnées balayées par l'autan devisant les
espèces et leurs critères évolutifs, leurs sarcasmes
où leur tempérance,
Avivant des sphères les triomphes et les
admonestations et non seulement mais aussi les
disparitions,
Dans un jugement impartial assistant la viduité
dans son excellence et non sa médiocrité, cette
racine, du mal, innervée.

« Contemplée du néant et agréée par le néant
comme obscure mesure de ses préhensions sur les
litanies du vivant,
Comme une moisissure dont les talents se révèlent
par l'appauvrissement singulier de l'identité et de
ses moissons,
Arguant non d'une unité mais d'une désunion avec
la réalité et ses phénomènes incarnés ne pouvant se
dissiper. »

Chose impuissante tendant à assembler dans sa
minorité les écrins les plus vivaces comme les plus
autonomes,
Pour les sombrer dans cette cacophonie de la
trivialité dont les fondements sont ouverts sur le
déclin constitué,
Arraisonnant dans la pâleur morbide de leur
faconde les velléités et ses prismes désœuvrés ne
trouvant la paix que dans la corruption.

« Atavisme encore dans la frénésie des nourritures qui comblent l'incapacité dans ses formalisations comme ses outrances,
Arborant de l'arc-en-ciel les espoirs alors que l'arc-en-ciel rejette leur frivolité, leur incompétence, leur noctambule dérision,
Vaste panoplie de la boue suintant ses larvaires défécations en les croyants de l'or la splendeur dans des contingences assoiffées. »

Pauvres stigmates perdurant leur rage dans des basses-fosses où la déjection est formalisation de l'aberration,
Cette unanime conviction délavant ses scories dans de statuaires indéterminations, de pâles copies comme de pâles horizons,
Ses torpeurs comme ses règnes se dissolvant devant la force altière accentuant par l'exploit leur disparition nécessaire.

« Une nécessité ne s'inclinant devant la prostration de ses émules et de ses glaires, troupiers de l'infection vivante,
De la gangrène comme de la monopolisation de cette gangrène, situant leurs aires laminées dans un concert de victimisations,
Où s'époumonent des pouvoirs anémiés, des ruts désordonnés, des vices barbares et des clameurs délirantes. »

Torves remparts des frénésies accomplies dans l'atrocité pour la bestialité dans l'onanisme le plus singulier,
Rampant ses vertiges dans des soutes où ruissellent et la mort et ses actes fourbes, ses théories monstrueuses,
N'ayant pour symbole que le néant et ses faces ovipares, dans des concrétions verbales dont la puanteur est sacralisée.

« Pauvres hères au fanion troublé, à la pestilence induite, gargouilles de larves associées se libérant dans le fumier de leurs entrailles,

Dans la connivence, la trahison, la perpétuelle agonie qui les lient et les relient sans austérité à l'abjection primitive,

Une abjection s'imaginant l'élite des mondes alors que cela en est le marais putride par excellence se voulant navigation. »

Torride magma dont les empreintes ne sont lues que vertiges sous les coups raisonnés de la croissance de la beauté,

Flagellant cette ignominie jusqu'en ses tréfonds pour en faire surgir le vivant au-delà des espaces clos du vide qui les abreuvent,

Et auxquels ils se doivent de répondre pour confirmer sans absence leur émotif rayonnement, sinon disparaître dans leur fourberie induite.

VIII

Soulevant de l'abîme la cime

Soulevant de l'abîme la cime, s'en vient l'horizon
Ployant des mondes les viles et sylves compulsions
Pour en initier dans les sources la pure floraison,
Permettant de s'extraire des miroirs à profusion
Entonnant leurs cycles allant dans la répétition
Des mânes sans échos, se dissolvant en fusion
Dans d'ivres épopées menant à la dissolution
De toutes gravures et parures sans ambitions
Sinon celles de se voir graduée sans assomption.

« Prémisses des rives éveillées aux fenaisons éployant leurs visages par toutes exhalations motrices,
Dérivant des cils l'énergétique pâmoison des règnes en genèse dont les affluents couvent la splendeur de l'Empire,
Aux vastes promontoires aiguillant les nefs somptuaires dirigeant le sort pour en acclimater les forces superbes. »

Irisation de la perception aux concaténations sublimes efforçant les temporalités dans des devises soucieuses,
Matricielles de la renommée ne se perdant dans les labyrinthes afin d'exercer leur degré de pouvoir comme de songe,
Par les surfaces révélées dont les stances sont émois des lagunaires prestances se hissant vers les crêtes déployées.

« Haute haleine des fraîcheurs assouvies se glissant dans la vêture chaleureuse de la nidation concrète et sublime,
Hâlant de ses zéphyrs les magiques incantations développant leurs arcanes par les terres exondées et souveraines,
Dont les échos resplendissent le satin des roseraies divines éthérées et clamées par toute prononciation vivante. »

Douve du cristal des armoiries limpides aux frénésies hâtives, aux ornements fertiles, aux agencements précoces,
Animant le cœur d'une fidélité insoupçonnée dont les vecteurs enhardissent les houles vers le limon afin de naître,
Renaître dans le prestige et l'éloquence d'un vœu dont les témoignages affluent pour arborer la constante d'un chant.

« Libre arbitre des souffles et des voix, aux carènes enfantées par l'onyx et les cristaux conjugués marchant vers l'azur,
En deçà de toute contemplation, dans une motivation supérieure dont les énergétiques prestances avivent la tempérance,
Sans dualité, sans raisonnement fastidieux, pour porter la Vie à son horizon le plus enclin à la vitale harmonie. »

Mesure des silences qui s'éteignent et s'étreignent dans l'avenue des conjonctions aux consécrations natives et sûres,
Développant dans les regards la course opposée à ce qui fut, à ce qui désormais s'appelle le passé et ses corrélatives insignifiances,
Une aire sans désir devant la perfection installant ses calices par toutes cathédrales de la pluie désirée et magnifiée.

« Onde des ondes majeures dont les bruissements sont opales de la fierté des univers se désignant et se façonnant,
Dans l'intime parure non du désordre et de ses phasmes sans regrets, mais dans cet ordre impérieux et fort,
Clamant ses expressions dans l'évolution de la conscience sur l'inconscience, déjà arborant la surconscience majestueuse. »

Vaste préambule de la réflexion dont les atours sont partage de la pluralité exondée levant vers les cieux couronnés,
Le nectar de son appropriation, de sa grandeur comme de sa source ruisselant par les hymnes l'accomplissement,
En ses demeures comme en ses clameurs par-delà les équipées nocturnes et les épopées brisées par l'ignorance vécue.

« Conférant par-delà les brumes et les nuées les fleuves aux flots bâtis dessinant aux frondaisons d'un aquilon,
Les écumes d'une portée vibrante d'une foi inextinguible agençant dans ses épreuves la faconde acclamée,
Permettant de ciseler l'impériale densité dans une houle nouvelle à voir construisant les supports de toute éternité. »

Parcours de noble appartenance comme de noble désinence invitant des entités les splendides novations,
Les créations les plus mobiles comme les plus ouvertes révélant les assises tant de la permanence que de l'impermanence,
Dont les découvertes inclinent non au statisme, mais bien plus à l'éclosion infinie sans dérives possibles ou imaginées.

« Ainsi dans l'astre le flux conquérant qui se devine, s'initie et se perdure dans des adages volontaires, écrus et rigoureux,
Assignant la catalyse des efforts vers ces points dont les sites ne sont de ruptures, mais bien au contraire des tremplins,
Formalisant l'aventure de la Vie dans ce qu'elle représente de plus magnifique comme de plus transcendante. »

Alors que par les rimes se destinent le réel et ses emblèmes dans des jouvences dont les citadelles sont écrins,
Dans des douves de porphyre dont s'emparent les sèves pour alimenter leur clair espoir d'une formalité sereine,
Les nantir d'un sacre et les élever dans ce sacre vers la pérenne beauté, dont les éclairs frappent à la porte du vivant.

« D'un lancinant vertige où les ondes se répercutent à l'infini pour ambrer de leur précieux dessein, les rémanences intrinsèques,
Des formelles existences ne se contentant de stagner mais, prenant mesure de leur raison comme de leur ornementation,
Gravissant les pentes afin de découvrir en deçà des rimes absentes, les vastes altitudes constituant les sphères embrasées. »

Dans une joie avivée dont les danses sont les vols tutélaires d'oiseaux lyres aux enchantements mystérieux,
De rondes en rondes, se servant des énergies novatrices pour se propulser vers les tréfonds de la royale consonance,
Altière et prestigieuse, inventant dans le nectar de ses rescrits les pures éloquences advenant le sens du partage éclos.

« Dissertant des gravures les formalisations exquises, les protocoles denses et animés se portant vers l'orphéon,
Ce Chœur de la raison dont l'imaginal est vêture et dont le royaume marche vers la lumière non seulement à sa rencontre,
Mais devient la lumière elle-même, épousant ses forces par-delà les abîmes et les souffles insondables du néant belliqueux. »

Luminosité astrale orientant les décisions, dans des formules dont les percussions entonnent une symphonie élégante,
Rayonnant de ses notes les plus claires comme les plus vives les féeries de la compréhension nécessaire à l'élévation,
Dont l'intégration culmine les rives de l'action la plus ordonnée comme la plus nette par les stances enfantées.

« Ici, là, plus loin, prenant le chemin de la source vers le fleuve et vers ces Océans lumineux que l'on nomme les Univers,
Afin de les faire prospérer dans une écume blonde et supérieure forgeant toutes fresques tant de l'ivoire que du quartz,
Tant la magnifique effervescence des éblouissements aux fractales ordonnances ruisselant le Verbe. »

Développement dont l'induction confère à la maîtrise ne se délivrant dans l'austérité ni dans l'acclamation,
Mais dans la pure humilité du combattant sacrant de son épée la Paix et l'harmonieuse densité par les éthers considérés,
Allant porter du royaume les nouvelles du rythme ne se dispersant mais s'alliant afin de joindre l'exaltant sevrage.

« Et du Vivant dans sa forme épousée et du vivant dans sa parure éthérée, et du vivant dans sa formalisation signifiée,
Œuvrant à la pérennité la plus incluse comme la plus dénommée devisant ses certitudes et ses orientations,
Dans des souffles dont les ondes propulsent toute entité dans la réalité de ses formalités novatrices et participes. »

Découvrant des limbes les teneurs prononcées permettant d'éclore les aménagements et leur fertilité par tout domaine initié,
Levant d'étoiles comme de cosmographies aux liens indispensables attrayants la connaissance dans ses lectures florales,
Dissipant les nuées pour en découvrir les routes profondes et scintillantes dont les rives sont portes des règnes effeuillés.

« Tant de la présence des corps que celle des esprits comme des âmes, toutes forges dont les alacrités dans l'unité,
Permettent d'en transcender les évolutions les plus astreintes comme les plus libérées par-delà les soucis temporels,
Par-delà les ravines de l'espace, par-delà les contingences des exclusives causalités moirées de songe comme de rêve. »

Catalyse d'une alchimie permettant la navigation la plus dense par l'expression commise de l'unitaire vertu domaniale,
Passant d'une sphère à l'autre, d'un univers à l'autre, sans gémonies des chuintements statiques aux armes frénétiques,
Le temps comme l'espace disparaissant dans le degré de la préhension de l'immanence rencontrant la transcendance.

« Et inversement, dans un apprentissage dont la clarification visite toute dénomination pour s'en approprier les vertus,
Et les déployer, et les gréer afin de ne plus seulement contempler les mondes, mais les agir dans la puissance,
Cette puissance raisonnée développant les forces sans contraintes à la rencontre de ce néant guerrier de sylves inverses. »

À décimer ou intégrer afin d'aller plus avant les formalisations nécessaires à la valeur comme à l'ardeur conquérante,
Dont les desseins ne se comprennent à mi mesure, dans le développement se sacralisent dans une énergie inextinguible,
Concaténant les rebelles affirmations, destituant les dysharmonies pour naître de l'aubade sa composition ultime. »

« Gravissant des empires les formes et les substances couronnées, les gravures inaccessibles comme les forges intangibles,
Dans un parcours immédiat éclairant toute devise dans la prescience d'une clarté dont les particules soudaines,
Avivent la permanence des degrés ouvrés par la splendeur et ses prononciations agissantes et formelles. »

Noble voix de la Voie retrouvée dont les écritures enseignent la motricité dans la plénitude de l'assomption,

Dans cette force innervant toutes faces universelles se composant, se reliant, se liant, s'épousant dans une attitude digne,

Dont les fresques sont le savoir des mystères engendrés, des mythes déployés, de l'histoire inconnue par les préambules.

« Consistances des découvertes naguère dont les fruits d'hiver sont charmes des innocences nouvelles,

Formalisant leur dessein dans le sein de l'Éternité dans le désir secret d'un déploiement dont les labours sont de la Vie,

Les flots, gravissant, décimant le néant et ses frénésies votives, ses édulcorations primitives aux rauques consternations. »

Mémoire du Verbe aux oasis pénétrées et suaves dont les floralies composent sans dissonances les sentes glorieuses,
Menant de l'infiniment petit vers l'infiniment grand et inversement dans une joie dont la célérité anime la préciosité,
Tant de la sagesse que de la grâce, dans un ferment olympien dont les sentences sont contes des incarnations flamboyantes.

« Aux ouvrages nés dans la pluralité des fastes comme dans la pureté des algues, dans ces sens éblouis,
Majeurs et constellés dont les transes s'épanouissent afin de porter du royaume les perles de saphir,
Aux étincellements divins conjuguant les formalisations adventives pour les mener vers l'apothéose. »

Dans un rythme percutant renouvelant des rimes les strophes amènes aux équipages de pluviosités nacrées,
Délibérant par les ondes les prouesses fertiles et leurs palmeraies d'oasis éveillées déclamant leur cérémonial,
Dans un élan magnifié recueillant les sourires du passant, les joies comme les félicités des ilotes en leur granit scintillant.

« Prouesses des sylves aux marges des soifs étanchées devisant l'avenir dans une congruité nouvelle à voir,
Et essaimer dans les tendres mélopées acclimatant leurs tonalités pour les pousser vers la Vie et ses degrés majestueux,
Dont les mondes caressent les espérances afin de les vitaliser dans la perception ne se quémandant mais se prenant. »

Dans les eaux vives échéant de la sincérité les émoluments de la destinée et de ses orbes aux creusets de l'olivine,
Là, dans des fresques ne se dissolvant dans la paresse mais bien à l'inverse s'élevant vers les voûtes éployées,
Pour adresser leur prière exondée jusqu'aux firmaments les plus composés comme les plus ouverts à la féerie.

« Danse des œuvres en cils de la vertu majeure magnifiant les constellations éprises, par les routes devisées,
Sérails de fortunes et de gloires dont les ensemencements révèlent par toutes entités les formalisations épanouies,
Livrant par les sphères les détails de leur conjointe réverbération entretenant les Univers de parousies affines et vives. »

Aux écrins de dimensions exhaustives, partageant des bourrasques les trames de préhensions exactes statuant l'infini,
Sa raison, ses mobiles, ses concrétisations dans la déité et ses règnes dont les passementeries s'étreignent,
Se visitent et s'approprient dans une épopée ramifiée et souveraine accentuant le règne et son évolution.

« Visitant des fumerolles escarpées les messages houleux et les temporalités frondeuses, leurs sursis comme leur accouplement,
Leur vertu comme leur messagère destination, dans la sagesse ou bien l'affront, toujours votive d'un talisman à naître,
Dépassant l'égarement d'une seconde pour se formaliser dans la réalité et ses escouades aux potentialités supérieures. »

Devises dans le front des cohortes aux promontoires avancés s'efforçant d'aller plus avant dans les masques tragiques,
Les couronnements déchus, les alanguissements ténébreux, afin d'en défaire les rimes exclusives et perpétrées,
Afin d'en asseoir la présence et en dériver les infortunes comme les contrariétés novices et désespérées.

« Libre sérénité des forces soulevant l'aven pour naître au pinacle la volonté dans son impérieuse conjonction,
Celle ne se fixant sur l'amertume et ses croisées fermées, celle ouvrant les portiques de l'immortalité enseignée,
Celle toujours dans l'étreinte majestueuse concourant à la plénitude et ses créatives jouvences pénétrables. »

De l'iris les souffles fulgurant les temps comme les espaces, alimentant les regards de cette énergie superbe qui ne tarit,
Malgré les viles escouades, les intempérances et leurs houles sans message, malgré les stances désœuvrées,
Leurs rives épuisées et noctambules se couchant sur la glèbe pour en anémier les forces et les vêtures oublieuses.

« Toutes formes allant vers l'informe, où la nécessité veille afin de redresser leur mortelle essence comme leur substance malmenée,
Dans une théurgie hissant ses oriflammes par toutes faces afin de l'évertuer non plus seulement dans les profondeurs,
Mais dans cet éclat solaire dont les puisatières perfections entonnent sans chagrin l'éternel retour vers la viduité. »

Instance des principes et de leur gravitation dont les répons sont ultimes rivages composés et définis par la Voie,
Cette Voie limpide qui n'est pas de promesse mais d'action le dessein dans la volition construite ne se dissipant,
Toujours arraisonnant les épures de chaque gravure pour la déterminer dans l'adage constellé de la pure définition vivante.

« Hâlant de ses prestigieuses éloquences les fastes et les renommées dont les souffles s'éprennent et se raniment,
Non ne se complaisent mais par le chant cherchent à en prospérer les finalités comme les exhaustives appartenances,
Dans un cycle d'éveil dont le front d'or baigne dans une lumière nacrée de règne ignorant les tumultes et leurs complaintes. »

Dans l'humilité devisée portant un regard sur l'immensité afin d'en stratifier les interdépendances et en comprendre,
Et les rayonnements et les phosphorescences induites menant vers le saphir souverain et sa détermination,
Dans une œuvre de long séjour, dans une œuvre marquée par la propension de la luminosité et de son sérail divinisé.

« Instruisant des orbes en sillons, naissant le soc affinant sa volition pour d'une plénitude arborer matricielle,
La pluralité et ses exigences, des plus larvaires comme des plus nobles, afin de féconder la persistance de l'iris,
Par-delà les éblouissements et les chaussées congrues, là, dans cette écume portant dans ses mémoires le fruit distinct. »

Le fruit de la Vie par toute désinence, qu'elle soit matérielle, énergétique et bien au-delà, éternelle, dans un arc-en-ciel,
Ne se décimant sous l'onde, mais prisant ses racines s'élevant vers les summums pour en éclairer les vastes promontoires,
Où se tient l'agir dans sa pure incarnation, développant les secrets de l'Absolu dans ses formalisations intrinsèques.

« Régissant toutes faces des Univers, comme du néant lui-même, dans des forces irradiant les sphères de contraintes,
Nées de sa nécessaire victoire sur la dualité et ses épiphénomènes dont les stances sont marques des sérails évolués,
Se libérant des contingences pour fulgurer l'épanchement de la vitale harmonie dans sa magnificence constante. »

Intime parturition des hymnes aux symphoniques
alluvions où les architectonies embrasent les
mondes célébrés,
Visitant des limbes les escouades accomplies, les
novatrices embellies, ces sorts conjoints de la
témérité et de ses odes,
Joignant toutes faces pour les inscrire dans la
permanence et ses reflets ivoirins où s'enseigne le
firmament éclos.

« Destinant de sève en sève, de fleuve en fleuve,
d'océan en océan, les pures vertus de la gloire et de
ses composés,
Ses rythmes aux prudentes assignations
manœuvrant par les lices enfantées dans une
prêtrise assurée,
Pour cristalliser et déifier la mesure du déploiement
par les éthers les plus immaculés comme les plus
torrentueux. »

Innervant en chacun non seulement les fruits d'une
espérance mais d'une concrétisation dont les
félicités demeurent,
Dont les bruissements perdurent de par la volition
ordonnée fulgurant chaque naissance comme
chaque renaissance,
Que compose le lied dans ses versets les plus
secrets comme les plus intimes, dans ce creuset de
toute finalité rayonnée.

« Ainsi dans les sphères et par les sphères dans la détermination et ce long enseignement des vivants à leur devenir,

Ce soupir des velléités composées s'estompant pour enfin se dresser sous l'azur et en comprendre l'interdépendance,

La pluralité et les festives occurrences où ne s'abrite le regard pas plus que la volition, pour être tout simplement. »

Être dans l'aventure et ses clartés dont la divinité propose, et dont le libre arbitre dispose en corrélation avec la Voie,

Soit dans une armature festive orientant la plénitude, soit dans un dessein austère célébrant le néant,

Toujours dans la compréhension de cette dualité revenant à l'essor consistant menant de l'opacité à la veille inaltérable.

« Advenant le devenir dans le dédain des arcanes noirs et sans desseins, pour s'immerger dans le destin lumineux,

Magnifique et superbe, élevant toutes promesses vers leur réalisation les plus denses comme les plus perfectibles,

Mesurant l'espace traversé de la poussière à la concrétisation formelle assurant la pérennité de ses demeures. »

Condition souveraine décimant les contraires invariables pour les noyer dans la fécondité et par-delà leurs abstractions,

En tirer l'essence évolutive, cette manifestation innée développant ses racines pour embraser les cieux,

D'une mélodie accompagnée par les lourds tambours de bronze enseignant l'accès du vivant à son harmonieuse réalisation.

« Une harmonie dissipant les nuées comme les ombres portées, les navigations sans horizon, les paraîtres inaudibles,
Toutes ces vagues sans opinions se mouvant dans l'informe et ses glauques scories dont les mondes se délivrent,
Toutes désinences sans volonté d'initiative se méprisant dans l'indécence et la canalisation de cette indécence triviale. »

Nomenclature des règnes dont les agencements ne sont plus que poussières, démontrant leur incapacité,
Leur médiocrité, leur atavisme consanguin dont les nervures ne sont plus pour faire place à la gravure de la fertilité,
Celle épurée relevant le défi de l'évolution dans une joie sereine dont les permanences sont mesures de toutes formalisations.

« Parousie mélodieuse aux ornementations fractales acclamant l'assurance devenue des vivantes perceptions,
En voie de perfection comme d'assomption, ouvrant les routes en nombre des rives exondées vers la portée du règne,
Délaissant les portiques étranges et fanés des mortelles essences ne se conjuguant que comme substance. »

Toutes litanies des ambres à genoux ne se délivrant que dans l'incomplétude et ses déités aux moiteurs sans lignée,
Lorsque la surconscience frappe à la porte de la Vie et la nature dans sa disposition plénière qui est celle sans refuge,
Armoriant de ses vagues intimes les flux et les reflux des mondes comme de leurs univers dont aucune ne se cloître.

« Car de l'épanchement la divine conséquence des armoiries aux sépales comme aux pétales lustrés de florales demeures,
Avisant des constructions les tremplins audacieux hissant vers la pérennité et ses fortifications majeures,
Rendant surannées les alcôves et leurs semis dont les pitoyables contraintes les excluent de la ramification ordonnée. »

Douves des aveuglements dont la lumière franchit
les limites afin d'en adjoindre les desseins dans le
destin franchi,
Dans cette courbe des émotives langueurs
statutaires et indéfinies retrouvant dans l'incarnat
d'un souffle,
La raison et son ordonnance, la splendeur sans
affliction abreuvant les fleuves ardents de l'altérité
et de ses ancres.

« Naviguant au-delà des flots hostiles vers ces îles
d'une foi conquérante pour en advenir les oasis sans
troubles,
Les prairies exquises et les forêts nobiliaires, les
sables d'or et les portées des lacs somptueux où
s'en viennent,
Volatiles, les ritournelles chamarrées des ondines
prestances et des moissons suaves dont les
élégances se prononcent. »

Parfums de la nue délaissant les sortilèges pour
s'apprêter aux voyages les plus vifs par les voies
intersidérales,
Les routes pluvieuses comme les parchemins
solaires dont les fresques sont toujours de fortune
les mobiles,
Une intrigue brisant le sceau de l'incertitude pour
gravir les marches opportunes de la beauté comme
de sa splendeur.

« Carénant des portuaires dimensions où ne s'enlise
le vent, pas plus que les eaux coléreuses ou
limpides,
De nefs ouatées de songes comme de rêves,
s'organisant dans le réel pour en affronter les
levants inextinguibles,
Dans des parcours enfantant des sérails les
majestueuses stipulations, comme les plurielles
définitions consacrées. »

S'ouvrant sur les forces et leurs abîmes comme leurs cimes dans des consistances marginalisant les fosses maritimes,

Afin de se porter vers la sublime causalité, afin de se dresser dans le souffle et par le souffle par l'espace transcendant,

Ses fenaisons et ses moissons dont les nectars sont le miel de la cité et l'orgueil des rives énamourées de pure définition.

« Dans une persévérance dont les effluves portent vers les sylves les promesses de l'aube, les incarnations fertiles,

Livrant de leur baume les combats nécessaires à l'harmonisation des chants dans le préau du satin des roses,

Dans la brume comme dans les nuées, toujours en majesté profilant la demeure de ce qui se doit pour conquérir le néant. »

Ainsi des laves en semis par les promontoires de la vie aux élégances safranées et pures, dans l'ordination de la Voie,
Dans cette vêture sacrale dont les synchronisations ne se perdent dans les limons aux moisissures torrides,
Dans ce sillon, fut-il bourbeux, indécis, et dévoyé, fut-il dérobé ou bien même caché par les embruns écumeux.

« Ainsi dans la fulgurance ne se menant dans les flux adverses que pour en concaténer les désespérances,
Et les mener à la reconnaissance de la plénitude qui ne choit, mais continûment persiste malgré les déserts votifs,
Les pentes dissociées et les raisons désunies de leur finalité conjoncturelle, de leurs enfantements progressifs et sereins. »

Voyant des âges soulevés aux fronts des zéniths immortels, des fronts supérieurs dont les élémentaires viduités,
Sont de dimensions stellaires les vertus embrasées se correspondant par les ondes aux matrices éclairées et fécondes,
Assumant les essaims dans leur réalité qu'elles soient des plus lumineuses comme des plus funèbres.

« Le Verbe saillant toutes difformités pour les rendre à leur pureté initiale et les embraser dans la formidable épopée,
Dont le magistère coordonne les élans comme les essors afin d'en rayonner les passementeries exemplaires,
Sources des fruits distincts complémentés dans le réel par-delà les abstractions précaires et dissolues ne menant qu'au néant. »

Tout verbe sans silence médusé s'initiant à la portée de l'enseignement pour en gravir les degrés dans une prescience appropriée,
Délimitant les précipices comme les gouffres afin que le sentier n'en soit de nuit mais à l'inverse attise la lumière,
Se perde dans la lumière avant que de trouver le fil d'Ariane conduisant à la pure vision permettant toute ascension.

« Intime parure des actes et des sens se livrant à la moisson des atours les plus fulgurants, inconnue de la saturation,
Ses formes se définissant dans l'intemporalité comme par-delà les espaces les plus infinis comme les plus incommensurables,
Toutes ondes en son sein rayonnant les parcours engendrés, les acclimatations certaines et les solaires divinations. »

Où la Vie transcendée éclos, sans mystère de toute formalisation comme de toute réverbération, car en présence,
De la présence ultime initiant des mânes sans repos les illuminations conduisant à la pérenne demeure adulée,
Consciente de l'harmonie sans trouble apparaissant ses citadelles lumineuses dont les impassibles structures sont exigences.

« Les unes en voie de réalisation, les autres en voie d'appropriation, les dernières constellant la forge de tout avenir,
Brisant des sérails insidieux les mélancoliques errances, des visitations nébuleuses les ténèbres comme les arraisonnements,
Pour instiguer en leur feu toujours vivant les forces nécessaires à leur concrétisation par-delà les maelströms du néant. »

Haute vague sur les promontoires des sphères dont les firmaments exhaustifs se partagent les ruissellements à naître,
Prospérer, et non seulement paraître, mais bien plus élever afin d'en initier les rimes qui les porteront vers la crête,
Vers cette cristallisation mobile fondant toute organisation comme toute incarnation dans une volition ordonnée.

« Prêtrise messagère des coordonnées fractales dont les lices sont des présents pour les écumes à venir et densifier,
Délibérant des vagues prononcées les écumes à prendre et les autres à délaisser pour se porter vers les rivages,
Les plus nobles comme les plus denses, les plus vifs comme les plus harmonieux, tous rivages de la densité éclose. »

Sans masque tragique, sans reflet malsain, sans adulation précoce, sans ces rets de l'impermanence délétère,
Figeant les plus beaux navires sur les varechs inondés de miasmes et de moires aisances aux vulgates abstraites,
Aux figurations votives ne s'incarnant que pour le déplaisir et ses situations grotesques arrimées de faiblesses induites.

« Toutes soupentes de cales dont les effluves portent vers le feu, leurs pailles humides comme leurs torves caducées,
Ne pouvant s'entacher de cette bruine insolente cherchant à briser les matures les plus belles comme les plus fortes,
Dont les voiles tressées accentuent les layons de la moisson nouvelle, par les lieux hier encore dans le déni et l'injure. »

Toutes marques sans courant dans le levant se hissant par les voies ennoblies de l'évolutive expérience,
Délaissant immergés les souffles rauques et les turpitudes évanescentes pour accueillir la somptuosité,
Et non ses adverses remparts dont les terreaux cultivent l'insouciance et les hâtives préhensions sablières.

« Naufrages îlotiers aux caprices de l'incontournable cécité s'aventurant, sans espoir, dans les limbes les plus exténués,
Dans cette saturation des algues où ne respirent ni la joie, ni la foi, mais bien au contraire tout de la litanie et de ses affres,
Dépassées par ces voiles sur l'horizon dont les coques percent les courants afin d'advenir les flamboyances solaires. »

Manœuvrant, habiles, les liesses et leurs promesses, les adages volontaires et les nuptialités prestigieuses,
Aux couleurs de miel lavant dans les soutes les arcanes des prestigieuses randonnées aux corps de maritimes essences,
Dont les senteurs sont parfums des âmes sous le vent essaimant leur brise de grâce spontanée et souveraine.

« Afin d'œuvrer dans la préhension les cils de toutes faces, de toute condition comme de toute modalité, sans autre aspiration,
Que la formalisation de toute force dans le secret des racines ne se perdant dans les flux contrariés et délétères,
Mais dans une présence admirable coordonnant les effectives prestances pour en assurer la génération comme l'aboutissement. »

Enfantant le Verbe là où ne se tenaient que des rives amères ou bien engourdies par les rêves amoncelés,
Les croyances insipides et les naufrages solitaires, où se devisaient des théurgies sans lendemain car impropices à la réalité,
Toutes dérives courtisées et encensées par les craintives errances malmenant de leurs ébauches les forces de la créativité.

« Dans cet abordage des nefs, consumées, permettant de les voir enfin se révéler et se disposer à la conquête,
Et de leur existence et de l'existence dans une alacrité tempérée par la raison comme par l'imaginale vertu,
Hissant toute volition vers son tremplin souverain où ne s'enseigne que le répons de la Vie à la Vie par la Vie. »

IX

Vers l'Absolu souverain

Écume des âges sous le vent porteur des racines
Libérant des effluves nocturnes des vils abîmes,
Voici le Chant porteur aux vêtures cristallisées
Advenant des univers les forges d'or magnifié,
Aux azurs enfantant la sève des fortes natures
Conjuguant le souffle et l'ardeur de leur mesure
Permettant l'accomplissement de la parousie,
Dans ses divines essences comme ses floralies
Les plus préhensibles élevant au zénith la Vie.

Préambule des strophes dont les aliments sont des antiennes les renouveaux aux parfums conjugués de nobles essences,
S'en viennent des chatoiements opalins aux escarpements fabuleux des confins dont les âmes sont gréements,
Apportant aux lagunes par les brises et les semences de la vie les voies sereines de l'incandescente majesté.

« Et les fruits d'hiver aux roseraies nuptiales glissent des fleuves imperturbables en leurs mansuétudes,
Les unes couronnées, les autres affligées, toutes se hissant vers le sérail des embellies où les prononciations,
Lentement assurent la pérenne viduité aux formalisations enseignées et clamant leur volonté nuptiale. »

Il y a là des embruns aux dissipations nocturnes des vents amers, et des rives fleuries de baumes souverains,
Des fucus les essors fluidifiant les glèbes asséchées en les restaurants dans la pluviosité sacrale dont les éléments,
Sans troubles, fortifient les demeures empruntes, les bâtis soulevant des rimes les esplanades aux cieux précoces.

« Décence des ouvertures du levant magnifiant ses
équipages aux sortilèges vaincus déclamant leur
portée superbe,
Aux alignements princiers où les frontalières devises
ne se perdent dans les moires contrariétés et leurs
braises assouvies,
Mais se dressent face au néant et ses armoiries aux
vêtures abstraites pérorant leurs certitudes comme
leurs désinences. »

Voyant gravées dans les ferments de leur stupeur
les ornements d'une voie nouvelle à prendre et
essaimer,
Loin des sériées contemplations avides, des degrés
stupides de mortifications régnantes, encore plus
loin des cycles inféconds,
Par un regard interrogatif, posant les pierres mêmes
des monuments à vivre par-delà les contingences
éblouies par leurs méfaits.

« Où l'onde s'inscrit dans de volatiles compositions
surannées délivrant des vagues les semis et les
effusions votives,
Initiant de prairial dessein les passementeries
d'ivoire et les gerbes de corail, les florales harmonies
des cristaux colorés,
Dans des joies éprises se dissipant pour forger la
substance même de la raison de l'existence et de ses
fruits divins. »

Dont la méthode se répercute par les Alizés,
annonçant de prestigieuses formations aux
manifestations éclairées,
Farouches et coordonnées magnifiant les séjours de
pures énergies devisant leur devenir dans un essaim
glorieux,
Insufflant de ses désirs les révélations ne souffrant
les tourbillons et les gouffres insondables où se
taisent les écrins.

« Car s'ouvrant aux latitudes des mondes où les
rescrits enseignent la splendeur, l'honneur, la
gravure de la beauté,
Cette création toujours renouvelée dont les
grimoires interpellent la logique de la pluralité dans
ses complémentarités,
Ses nombres sacrés et ses efflorescences acclamées,
toutes forces sans résignation levant le frais visage
de l'aube azurée. »

Où se lient et se relient dans des draperies
constellées les verbes de la joie et leurs
accoutumances,
Loin des triviales bassesses dont les fondements se
réduisent à la poussière devant le firmament de la
gloire assumée,
Convenant une vivante confluence dont les cils
s'émerveillent et dont les prières exondées
ruissellent un chant.

« Permanence des rêves aux fluidités précieuses où les vents portent les rayonnements distincts et équilibrés,
Dans ces ramures de l'été puissant affirmant des ondées les bruissements de la voie ne s'égarant ni ne se perdant,
Toujours nourrissant le fleuve impassible où voguent les nefs de coralliennes appartenances aux élancements graciles. »

Sveltes fortunes des temporalités soucieuses et circonscrites se mêlant aux parures pour en définir les ondes novatrices,
Ces respirations énergétiques puisant dans leurs sources et leurs racines les vivifiantes abondances échues et sériées,
Aux promontoires des citadelles, dispensées à souhait pour vivifier les nombres et leur enseigner la vitale perception.

« Ambre parfum des demeures dont les alluvions portent à l'infini les saisons ouvragées, limpides et supérieures,
Naissant des réverbérations dont les flux vont les éminences passagères, les sylves messagères, dans une consomption majeure,
Animant la rosée des transes sous la nue et les festives incantations des générations perdurant la destinée acclimatée. »

Correspondance des conquêtes ne se lassant de leurs émaux dans des avancées flamboyant le rythme des écheveaux,
Aux armures intangibles manœuvrant de trajets en parcours les frontières du vide pour en sillonner les espaces oubliés,
De la concrétisation des concaténations venant des hymnes les épanchements rigoureux révélant une maîtrise parfaite.

« Sentences des propos où le silence est d'or, où l'exemplarité est définition, où se taisent les opales légères,
Les affinités induites, les conséquences tragiques, pour ne perdurer que la Vie dans ses hautes prestations,
Dans un devoir généré dont les ferments assistent la parturition des univers et leur développement dans la sérénité impérieuse. »

Éclosion des sens et de leurs sensibilités les plus manifestées relevant le défi des temporalités comme des espaces,
Par les houles en leurs motivations comme les vagues en leurs désignations, toujours visitation et exploit propices,
Exaltant de nautiques prestances aux orientations libérées advenant de la maturité les auspices contrôlés et sûrs.

« Vivifiant des zéniths les parousies édulcorées pour les renaître à l'harmonie la plus dense, la plus exquise et vitale,
Dans des prononciations singulières et téméraires dont les parchemins sont invitations à la félicité et à la plénitude,
Où ne se noient les ambitions sinon que pour en défaire les sillons sans hardiesse, ces fastes sans répons et désordonnés. »

Conscience sans repos dans les cités soulevant des gerbes affines les densités nécessitées par l'ascension sublime,
Et de la volition et de ses souffles, agençant les formidables brèches permettant à l'existence de se prononcer,
D'avancer jusqu'au vide et de le circonscrire afin de s'installer et pérenniser les voies sans retour d'addictions malhabiles.

« Où se voient les principes et les firmaments de leurs adages dans un zéphyr balayant les prostrations,
Leurs illuminations, leurs cendres épicées, et ces labours incertains dont les désinences sont menstrues indignes,
Toutes ces cohortes d'ectoplasmes engendrés par le déni de la réalité, lui préférant les dissonances de la virtualité. »

Mémoires antiques et antédiluviennes dont les scories masquent les terres labourables, leurs essaims mystérieux,
Leurs densités magnifiées dont la révélation assigne à la juste pénétration des ondes dans un arc-en-ciel de saison,
Dont les augures prêtent des serments, construisent des remparts, fortifient des cycles les monuments grandioses d'une foi.

« Étreinte des passants retrouvant la légalité de leur forge, épanouissant des formes les regards embrasés,
Sans limites devant l'horizon splendide renaissant devant leur action manifeste ne se laissant bercer par les illusions,
Les chaînes dantesques de matrices abhorrées dont les prisons s'ouvrent afin d'en libérer les assauts prometteurs. »

De ceux qui ne se laissent berner, de ceux qui ne se laissent tarir, de ceux dont la volonté est inexpugnable condition,
Revêtant des sources les floraux agencements nécessaires à la composition de tout univers, car gardiens,
Veilleurs de grand nom accentuant les dires dans le tourbillon de l'agir par la vertu de l'équilibre de leur motricité.

« Par les préaux des forêts millénaires comme les plages d'or où ruissellent les ferments de la mer comme de l'Océan,
Toujours en crête scrutant les abîmes pour en mortifier les rimes et en adresser les cimes à leur résurrection,
Dans un enlacement propice dont les fenaisons accentuent la raison et le service de cette raison souveraine. »

Voyant des sites les vents porteurs fluidifiant les croyances et les dérisions inventées de toutes pièces par la brume,
Dissolvant ces traces infinitésimales empêchant l'effusion conquérante en la noyant dans de messagères incompréhensions,
Dans des abysses où s'unissent la déraison et ses clameurs adulées, l'ignorance, la propagande, vestiges honnis.

« Car puisatiers de marais putrides, de vœux délibérés et nuisibles, de rus sans lendemains prostrés en l'écume,
Ne pouvant se hisser vers la temporalité et ses exigences ouvrageant la destinée et ses éveils salutaires,
Cette randonnée dont les nectars ne se donnent mais se prennent par le courage, l'humilité, la tempérance assignée. »

Toutes formes du langage ne s'éblouissant d'invectives mais les destituant afin de formaliser le lied propice,
Ne s'évertuant dans des considérations sans élévation, des métaphores sans étincellements, des crispations inutiles,
Broyant les pouvoirs de l'exploit convenant leurs contemplatives aberrations dont le prurit insolent se veut maître.

« Toutes formes du déploiement se déconstruisant
devant ces apparences grossières et inutiles qui ne
peuvent perdurer,
Dans le cœur du postulant dont l'unité précoce
libérée, permet d'en défaire les astreintes comme les
atteintes,
Afin de magnifier toute correspondance dans
l'infime particule comme les espaces les plus
abondants. »

Nature du Verbe dont les efflorescences abondent la
participe abondance et ses reflets, dans une
direction native,
Où le vivant afflue afin de préserver et générer, par
l'institutionnalisation non de ses instincts mais de
ses communions,
Les unes les autres par la complémentaire attention
révélant le sacre et sa permanence dans leur
plurielle harmonie devisée.

« Témoin de rimes éveillées dont les atours s'équilibrent dans des typologies prégnantes et caractérisées,
Aux organisations géométriques parfaites ascendant le réel dans ses diverses configurations survenant le pouvoir dématérialisé,
Convenant à la pluviosité induite et canalisée, dont les offertoires repoussent les limites et en fructifient les ouvertures. »

Corrélant des reconnaissances les épicentres nécessaires à la composition sublime où se tiennent les volitions,
En couronnant leurs destinations, les unes les autres développant des arcanes les prestigieux établissements,
Ceux de l'orbe en sa viduité commune comme en ses aboutissements nés de la capacité ne se lovant dans la virtualité.

« Sans masque aux frondaisons des surannées oublis dont les marques furent des prêtrises sans renoms et sans prestiges,
Pour faire place à la Voie dans son immortelle incandescence nantissant chaque grain de sable de l'existence,
Participant, récepteur et émetteur de la joie ne se satisfaisant de s'exprimer mais bien au-delà se ramifiant à l'infini. »

Pour assister les mondes en genèse, les mondes éclairés comme les mondes en voie de disparition par le long cours,
Celui des étoiles naguère perdues dans le silence et ne retrouvant plus leur grâce au motif de leur désincarnation,
De leur absence, retrouvant ici dans l'arborescent langage, les douves d'une régénération actée par le principe de la lumière.

« Dont les expressions fertilisent toutes aventures d'une forge impassible semant ses créatives déterminations,
Là, ici, plus loin, toujours dans la ramification de l'attitude la plus noble comme la plus humble, afin de parfaire,
De sérier et stipendier les velléités, les ouvrir à ce firmament qui éclot les plus belles espérances comme les plus belles victoires. »

Victoire de la Vie par toute face, en toute lice, par toute fenaison, délaissant les mystérieuses et ovipares densités,
Annihilant les miasmes et leurs corollaires dont les retranchements sont de consternantes divisions les dissensions,
Pour mûrir le dessein du déploiement dans les sphères les plus hautes comme les énergies les plus limpides.

« Magistral prolongement de la surconscience en œuvre dont les faisceaux animent toute célérité comme toute dévotion,
Par la fructification ordonnant et limitant, inventant et prospérant des mânes à propos les sursis sans repos d'un éventail,
Aux couleurs intimes, dont la majesté ne dissout, ni ne se désunie, jamais ne se renie car élémentaire de toute constitution. »

Gravure fidèle de toute prescience des âmes sous la nue, allant de leurs éclairs les gravités de nécessité orientée et familière,

Accueillant en ses nectars les flores les plus variées comme les plus attraites par la complémentaire destinée dévoilée,

Venant des fêtes parmi les algues et des rimes parmi les regards où se retrouvent les cortèges pour en dessiner le Verbe.

« Magnificence aux symphoniques et impérieuses concrétions déversant dans le flot le rubis des souffles,

Pour de cristallisations magnifiques dresser par les forêts de bruine comme les déserts les plus impavides,

Les assiduités leur permettant d'évacuer d'eux-mêmes les néfastes formalités de leurs aires oublieuses. »

Vestales de mesures appropriées stigmatisant les sources en refuges afin de les faire naître sans précarité ni dol,
À la pérenne dimension des odes ne s'abritant ni ne se défiant, mais dans l'incarnat de leurs prestances illuminées,
Dessinant par l'éther les Alizés d'une prêtrise les conviant à un règne de félicité, par-delà les indéfinitions corrélées.

« Ces indéfinitions construites par les prismes du primitif, du matérialiste, du spiritualiste, enclins à leurs propres dérives,
Voyant le primitif s'éplorer de l'intellect, le matérialiste du spirituel, le spiritualiste de la matière dévoyée,
Toutes vagues sans écrins se perdant dans les labyrinthes de l'inaltérable confusion surgissant la déperdition. »

Manifestations dont les ors sont lagunes de toutes mers salutaires, sevrées et solidaires, sans la moindre destinée,
Sinon celle de la nuit et de ses orbites où dansent le vide et le néant accouplés, ne désirant que leurs prières,
Pour prospérer ses entrelacements vénéneux où s'épuisent les Temples comme les Prieurés et les plus denses cathédrales.

« Tous ruisselant des termes dans des litanies dont les efforts astreints se dénient et se vident de toute substance,
Pour forcer l'existence à son agonie, sa stérilité, sa flétrissure, dans d'arbitraires lois dont la poussière enseigne les critères,
Larvaires conjonctions sustentant des essaims fauves ne tenant compte que de l'individué et en aucun cas du généré. »

Aux acclamations formidables terrassant toute réalité pour le profit de l'isolement le plus austère et perfide,
Commentant ses soupirs dans des déraisons dont les mobiles instituent des racines la disparition comme l'altération,
Afin de mieux les participer dans la mort et ses transes les plus nauséeuses comme les plus contristées.

« Tourbes dont les friches par les mondes ne se contemplent mais toujours se réfléchissent afin de les voir s'éveiller,
Se gréer et se mouvoir non plus dans les langueurs les plus isolées comme les plus acceptées, mais dans l'ardeur,
Pour officier leur régénération comme leur restitution en la Voie et par la Voie attendant leur résurrection. »

Exigence de la néguentropie ne s'affligeant de l'entropie et participant à sa destruction par les contractions inscrites,
Celles des temporalités ne trouvant viaduc de leur devenir, assignant dès lors des retours vers la brute dénomination,
D'où l'éclair fut fruit avant que de faner sous les auspices de la lie et de ses offensives affaiblies et maladives.

« Gangrènes de la Vie que la Vie destitue afin de se hisser par les nécessités vers la réalisation du vœu inné la précisant,

L'orientant, la générant par les multiples univers, leurs enfantements, leurs potentiels de création comme de contemplation,

Forces conjointes dressant sur les faces matérialisées comme les énergies les plus promptes une oriflamme victorieuse. »

Là, ici, par toutes les voûtes d'améthystes, par toutes les routes ciselées, jusqu'en cet assaut contre le néant et ses forces,

Là ne générant que l'acuité, la promptitude, la gravité, mais aussi cette foi inexpugnable dont les aubades se réfléchissent,

Ici, dans les bruissements de la plénitude et de ses visions marginalisant les spectres en les endeuillant de leur désir avorté.

« Prouesses offertes à la ramure de l'existence dans ses débats comme dans ses ébats par les multitudes achevées,
Et non seulement dans ses manifestations mais dans l'or des lisières hâtant la luminosité comme la pulsation de son cœur,
Par toutes sombres latitudes, dans ces calvaires qui s'instaurent sous le flux contraire des adventices défaillances. »

Des ornements sans le moindre intérêt dont les convulsions sont de gravifiques fresques désordonnées,
Alimentant les palpitations des nuées et de leurs vertiges associés dont les mansuétudes confinent à toute désertification,
Tant des valeurs que de leur gloire, tant des adages que de leur victoire, en les rendant imperceptibles par la convoitise.

« Non la convoitise de l'errance mais la convoitise de l'Être debout au milieu des empyrées, dont la curiosité s'éveille,
Palpite la raison de l'œuvre, s'enhardie à en comprendre les flots et les écumes comme les Océans tourbillonnants,
Pour en apprécier le destin dont le livre s'ouvre pour lui montrer dans la réalité la permanence et les degrés souverains. »

Altitude sans cesse dépassée par la connaissance ne se mirant dans ses tremplins ordonnés, mais toujours surpassant,
Et les astreintes et les contingences pour compiler les faits et les inscrire dans le rescrit de la parousie et de ses fêtes,
Tout en préservant les pentes et leur nécessité, gravitant au-delà des promontoires afin de s'enseigner de la puissance.

« De la vitale corrélation menant les Univers vers l'insondable comme l'infini, poursuivant inexorablement leur course,
Dont il fait partie, infiniment petit regardant l'infiniment grand et non seulement voyant mais acteur de ce chant,
Cette romance des voies lactées et des souffles universels gravissant avec témérité les frontières des orées pour illuminer. »

Saillir les profondeurs et leurs fosses abyssales, dans une détermination frontale dont le reflet n'est d'espérance,
Mais bien motivation délibérant les étapes à atteindre afin d'aborder ces îles sous le vent dont les gravures blondes,
Magnifiques et merveilleuses, sont des phares les repères de la suprématie flamboyante ne se délaissant à la rive.

« Toujours et par toujours disposant de l'éternité et par l'éternité ne se contentant d'observer mais agissant,
Là où rien n'est existence, où rien n'est vie, où rien ne subsiste de la force en majesté éclairant cet insondable,
Cette géographie dont les tourmentes tentent de pulvériser son avance et n'y parvenant tente de l'insinuer. »

En vain devant sa foi ne se brisant devant les limbes
et leurs ruisseaux mouvants où se délitent les
serments,
Car la pluviosité de sa foi est Voie du granit qui ne
se complaît mais s'adresse à la vertu des mondes
pour en désigner les sillons,
Par-delà les silences et les prières d'autres songes,
les belliqueuses ondes adverses, les soupirs sans
lendemains.

« L'iris en sa demeure pénétrant les constantes dans
leurs arborescences les plus vives, dans leurs
métalloïdes les plus précieux,
Pour en densifier les organisations et les rendre
évanescents devant la limpide nature et ses
éblouissements matriciels,
Toujours retournant aux équilibres impérieux dont
les nécessités adressent par toutes voix les orbes
souverains. »

Hymnes par toutes faces, provenant de toutes faces, dans leurs échos comme leurs dérivées les plus constructibles,
Dont les voix se répercutent dans des cristallisations affines où la mesure se déploie et se coordonne,
Délivrant des visions les nuées, les spongieuses aberrations comme les chroniques désespérances manifestes.

« Voix dans la Voie Impériale transcendant les astres les plus éprouvés, les univers les plus effondrés, les limbes elles-mêmes,
Pour les renouveler dans le clair zénith de la persévérance ne s'inquiétant des dangers comme des embûches,
Que soulève le néant dans ses rectitudes, ses immolations, ses consécrations, et ses vêtures aphones. »

Voyant des semis les danses tragiques aux circonvolutions mobiles terrassées par la vertu non dissolue,
Cette valeur suprême permettant de rendre aux émaux leur pureté, leur florilège et leur phosphorescence,
Pour les graviter dans l'action menant à la libération de toute chaîne portée par les esclaves les plus oniriques comme les plus narcissiques.

« Dans un combat renouvelé, sans cesse épuré, dont les stances évertuent l'exhaustive condition de l'existence,
Par-delà les glauques devises, les surannés enseignements, toutes ces vacuités dont les moissons tremblent,
Se cherchent, se désunissent et se finalisent dans le cri de l'incompréhension et de ses styles gravés dans la pierre friable. »

Menant des oripeaux dont les faces se conjoignent dans une abstraction totale où se fardent les litanies révulsées,
Ces monarques trivialités dont les absconses perceptions bâtissent des empires de cartes que le vent printanier,
Dans sa vigueur éternelle, détruit pour mieux moissonner l'enfantement du Verbe et de ses acclimatations.

« Dans le flux et le reflux des aurores visitées, dans ces millénaires et millénaires des temps qui sont ravines de fresques aurifères,
De théories fumeuses et anachroniques ensevelissant les voies constellant de leur luminosité les cieux,
Ces voies surgies où souffle l'esprit dans la commune appartenance du langage qui ne souffre de l'indigence mentale. »

Causal aboutissement des armatures sans cesse renouvelées dont les affres perçues indiquent la nécessité vitale,
Ne se cloisonnant dans les passages les plus abrupts comme les sentes les plus moirées de songes,
Mais toujours perçant l'abcès des dysfonctions pour les ramener par l'imaginal à la densité de la pure raison.

« Œuvrant ainsi de longitudes en longitudes par les firmaments les plus éblouis comme les plus ternes ou anémiés,
Afin de porter la foi à la transcendance puis dans sa rencontre avec l'immanence avec l'ouverture fondamentale,
De l'Absolu générant, matrice de toute illumination comme de toute perception, de toute geste comme de toute réflexion. »

Destinant les singularités à l'éveil le plus prompt comme le plus ordonné pour bâtir et construire non seulement la voie de l'accueil,
Mais sa prospérité par les mille et mille écheveaux où la pensée s'interroge, où l'âme réagit, où le corps comprend,
Où l'Unité dans une étincelante gravité confond toutes choses afin de les intégrer et les densifier jusqu'à leur permanence.

« Ainsi dans le souffle la préhension de tous les mobiles comme de toutes les contraintes par les rives éblouies,
Hâlant des mystères les viaducs de la pérenne demeure dont les zéphyrs confluent le zénith et ses ornementations,
Fractales modalités des agencements dont chaque degré est levier de l'élévation et de ses prismes en majesté. »

Où le Verbe tend vers la mesure et son déploiement dans un couronnement dont les ondes sont au-delà des précipices,
Des abîmes et des basses-fosses où s'éternisent les affluents moroses, causant leurs pertes indissociables,
Pour des gloses stériles dont les évanescences sont de marbre dans les promesses des saisons messagères.

« Ainsi dans la splendeur sans équivoque de la Vie se hissant perpétuellement vers son équilibre le plus dense,
Dans une floraison vive où les couleurs sont des champs de miel pour les abeilles et des contritions pour les pâleurs,
Les morbides sentences désœuvrées dont le statisme n'est conquête que de la propriété d'une source et non du fleuve. »

Où dans l'âtre se tient le chevet de la contemplation qui ne peut être sans initiative, ni la moindre commisération,
Sous peine de flétrir dans le vide et ses plages tressées de poussières balayées par les vents de la destinée,
Se manifestant par-delà les éventails des déshérences pour concorder le pur épanouissement sanctifié.

« Ainsi alors que se tressent dans les multiplicités les eaux vives dont la fertilité annonce la victoire vivante,
Révélant ses ordonnances, ses conjugaisons, ses vitalités, ses prestances, ses ébauches, toujours ses moments éclairés,
Permettant de naître et renaître par les précieuses concordances où se lisent les pertinences ouvrant sur le large infini. »

Où s'imprègnent des stances les moissons de l'œuvre dans leur concaténation dont les fidélités sont exondes parures,
Attisant des ciselures de l'onde les quadratiques confirmations sans ruptures gravitant les univers et leurs déploiements,
Ici, là, par les forces les plus ténues comme les énergies les plus foudroyantes et les plus denses aux éloquences vibrantes.

« Ainsi tandis que se tiennent en lices les veilleurs et leurs alliances, armés de la simplicité du langage et de ses ors statuaires,
Devisant des chroniques les fresques nourrissant l'évolutive conscience générée, individuée, toujours en voie de Vie,
Ordonnant, précisant, orientant, jamais ne lamentant les escarpements comme leurs trivialités adventices. »

Où se vivent les incarnats des fronts lumineux, leurs particules phosphorescentes allaitant les mondes azurés,
Préparant des sentes les sillons amènes où s'incarnent les caducées sans plaintes irisant de leurs étincelances,
Les magnifiques ordonnances gravitées et sûres fécondant les astres et leurs parcours engendrés et suaves.

« Ainsi aux forges du saphir dont les miroitements confluent de vivaces roseraies ardentes dont les fastes miroitants,
Sont devises des rythmes saillants et les temporalités et les espaces devisés, divisés et restitués à l'aube sacrale,
Dont les mystères sont perçus lorsqu'ils sont en voie d'appropriation par toute céleste configuration plénière et spontanée. »

Marche de l'ambre vers la lumière ouverte sur les flots gravités dont les élans sont d'intrépides gravures adulées,
Destinant des sorts les prestigieuses éloquences, les manifestations couronnées, et les forces concaténées,
Pour offrir au silence la vertu du vivant et de ses souffles majestueux et purs, aux fertiles cognitions éveillées.

« Dans la foi et par la joie des sérails accomplis gravitant les marches des citadelles aux lisières qui se tressent,
Là, dans ces arceaux du vide ne demandant qu'à être comblés par l'existence et ses semis ordonnés et salutaires,
Destituant l'incertitude pour naître en chaque haleine la moisson de la préhension novatrice perdurant l'innocence. »

Dans une trajectoire dont les rênes sont tenues par les conjonctions devisées, situées, magnifiées, et sevrées,
Alimentant les aires à vaincre par leurs cohortes volontaires aux assiduités présentes dont les combats sont floraux,
De conséquences induites permettant de la création la mise en œuvre des rameaux aux pluviosités de nectars appropriés.

« Canalisant les oublis et leurs ternes conjugaisons, délivrant de leurs abris les volitions timides et nébuleuses,
Concrétisant la force de l'aventure dévoilée par l'appariement, la complémentarité marginalisant les défections,
Contrariant les abysses et leurs marnes prétentieuses dont les abords sont chassés par l'éternité. »

Toutes actions permettant de saillir le chant dans la destinée et ses orientations, dans le dessein de l'œuvre agencée,
Frappant à la porte des mémoires et des esprits, des âmes et des corps engagés dans ce rescrit pour les vitaliser,
Et par cette énergie souveraine les déployer dans l'unité afin de forger l'essence comme la substance de la raison impérieuse.

« Cette raison gravitée dont les formidables injonctions précisent les moments comme les espaces,
À leur concrétisation abordant les Îles nuptiales dont les fractalités s'associent pour conditionner le souffle vers son ultime épopée,
Non dans la frénésie des alacrités innervées mais dans la plénitude composée ne se satisfaisant de la brume opiacée. »

Allant au-delà des mansuétudes et de leurs asservissements comme de leurs avertissements, pour, hardie,
Aller plus avant dans la composition générée, et prédisposer ses constructions à l'accomplissement qui ne se grise,
Mais s'instaure pour ce nouvel apprentissage de la Vie dont la fonction est régénération de sa génération vivifiante.

« Ainsi dans l'ensemencement et ses formalisations, son ascension sans mystères l'animant vers la noble demeure,
Lui permettant de dessiller son regard devant la nature profonde et conquérante mue par l'Éternité et son seuil,
Dont la compréhension enseigne le devoir de préhension par-delà la matière comme l'énergie, aux chemins exaltants. »

Pour aller vers l'Absolu Souverain, Impérial et sans égal, dont chaque sédiment est l'étoffe du firmament de chaque existence,
Par les Univers comme par les mondes, par les confins de ces univers comme ceux du vivant en mesure de déploiement,
Afin de s'y intégrer et dans l'enseignement constant s'y révéler et agir pour sa pérennité par-delà les temps comme les espaces étincelants...

Table

AUX CONFINS DES UNIVERS

Vincent Thierry
France, Royan
Le 27/10/2019

Œuvres de Vincent Thierry
Catalogue

GÉNÉSIAQUE
Le journal d'un Aventurier

PRAIRIAL
Le Chant du Poète
De Jeunesse
Les Continents oubliés
Vents du présent

ÉCRITS DU VENT
Écrins
De Marche Humaine
L'Indivisible
Military Story and new world

HÉROÏQUES
Mutation Terrestre
Lettres à l'Amour
Les Cantiques
D'Olympe le Chant d'Or

NATURAE
Fresques d'Amour
Le Verger d'Amour
L'Interdit
Mélodie d'Amour

FENAISONS
Améthystes
Océaniques
À la recherche de l'Absolu
Voyages

HORIZONS
Ivoire
D'Histoires nouvelles
D'Orbes
Stances

SOLSTICE
Idées
Âme Française
Expressions
Solstice

D'UNIVERS
D'Iris
Démiurgique
D'Azur
Flamboyant

REGARDS
D'un Ode Vif
D'une Gerbe de Soleil
Du Songe
Du Savoir sans Oubli
Que l'Onde en son Respire
Que l'Or Solaire
Qu'azur le Cristal
Du Souffle Vivant
De l'Harmonie

ISTAÏL
Cygne Étincelant
Âme de plus pure Joie
D'un Âge d'Or Renouveau
Par le Ciel Symbolique
De l'Être Universel
Règne d'Or Liquide
De toute Luminosité

CRISTALLOÏDES
Essors
Cristal
Empire
In memoriam

ABSOLU
Théorie Générale de l'Universalité

NIDS
Nid de faucons
Nid de vautours
Nid de scorpions
Nid d'Aigles

COMBATS
Ordre Mondial contre nouvel ordre mondial
La Voie Templière
Contraction Temporelle
Ondine

Lanzarote Élégies
De Corse les Chants
Nouvelles de l'horizon
Nefs sur l'Océan
L'Ordre ou le Chaos
Harmonie contre Barbarie
Jeunesse lève-toi !
Métamorphose
Roseraie de lumière
Constellations
Semeur d'étoiles
Pléiades
Aux confins des Univers

POLITIS
Politis I
Politis II
Politis II
Politis IV
Politis V
Politis VI
Politis VII
Politis VIII
Politis IX
Politis X

EXPOSITION

Prélude
Exposition I
Exposition II
Exposition III
Exposition IV
Exposition V

MULTIMÉDIA

UNIVERS
(Shows artistiques informatiques – CD/DVD)

1992-2018 : Univers I à XXXIII
2007 : Univers Film IDDN.FR.010.0109063.000.R.P.2007.035.40100

ÎLES
(Films CD-DVD)
Est Ouest
Atlantis
Fragments
Rêve Corse

MUSIQUE
(CD-DVD)
Émotion
Mystica

COMPILATION

ŒUVRES 2008
(CD)
Œuvres Poétiques
Œuvres Romanesques, Nouvelles
Œuvres Élégiaque, Chants
Œuvres Théâtrale
Œuvres de Science-fiction
Œuvres Philosophiques, pamphlets
Œuvres Métapolitique
Œuvres Complètes

PROFESSIONNEL
(Base de données DVD)
Assurance Dommages

SITE INTERNET

http://harmonia-universum.com

Éditeur Patinet Thierri
http://harmonia-universum.com

Impression
http://www.lulu.com

www.ingramcontent.com/pod-product-compliance
Lightning Source LLC
Chambersburg PA
CBHW060240100726
47907CB00003B/714